光文社文庫

盲点　特任警部

『盲点：特任密行捜査』改題

南　英男

JN020555

光　文　社

本作品はあくまでフィクションであり、
実在の人物や団体などとは一切、
関係がありません。

目次

盲点

特任警部

第一章　美人弁護士の死

1

明らかに挙動不審だった。

時任卓也《ときとうたくや》は、少し離れた場所にいる二十代前半の男女の動きが気になった。地下鉄日比谷《ひびや》線の車内である。

三月上旬のある夜だ。九時を回っていたが、それほど混んではいない。

時任は所用で北千住《きたせんじゅ》に出向き、帰宅する途中だった。自宅マンションは渋谷《しぶや》区恵比寿《えびす》二丁目にある。

地下鉄電車は入谷《いりや》駅を通過して間がなかった。酔客は少ないようだ。乗客の大半は、仕事帰りのサラリーマンやOLだろう。

怪しいカップルは、どちらも荒《すさ》んだ印象を与える。

男は剃髪頭《スキンヘッド》で、二十三、四歳だった。典型的な三白眼《さんぱくがん》だ。凶暴そうな面構《つらがま》えである。

連れの女は二十歳《はたち》そこそこだろう。髪をブロンドに染め、化粧も濃い。豊満な乳房を強調するような薄手の紫色のセーターを着込んでいる。

白いスカートの丈《たけ》は極端に短い。むっちりとした太腿《ふともも》が露《あら》わだ。

時任が乗車したとき、すでに若いカップルは車内にいた。それは間違いない。二人とも気《き》忙《ぜわ》しく周《あた》りを見回していた。獲物を物色《ぶっしょく》しているような目つきだった。

カップルは、箱師《はこし》と呼ばれるスリなのではないか。

時任は、そう直感した。職業的な勘だった。

三十九歳になったばかりの時任は、警視庁捜査一課長直属の特任単独捜査官である。要するに、密命刑事だ。職階は警部だった。

時任は杉並《すぎなみ》区内で生まれ育った。都内の有名私大の法学部を卒業した春、警視庁採用の一般警察官《ノンキャリア》になった。

子供のころから正義感は強かったが、思い入れがあって警察官を志望したわけではない。平凡な勤め人になりたくなかっただけだ。国家権力に与《くみ》したいという気持ちもなかった。

時任は思想的には中道《ちゅうどう》だった。右にも左にも寄っていない。

ただ、時任は権力や権威にひれ伏すことは恥だと考えている。反骨精神はあった。

時任は制服嫌いだった。型に嵌《は》められることに息苦しさを感じてしまう。そんなことで、なるべく早く刑事になりたいと願っていた。

時任は一年間の交番勤務を経《へ》ただけで、運よく刑事に抜擢《ばってき》されて上野《うえの》署刑事課強行犯《きょうこうはん》係に転属になった。大崎《おおさき》署地域課時代に指名手配中の強盗殺人犯を緊急逮捕したことが高く評価されたようだ。

時任はほぼ二年置きに神田《かんだ》署、新宿《しんじゅく》署、渋谷署と移り、一貫して凶悪事件の捜査に携《たずさ》わってきた。その間に五件の殺人事件を解決に導《みちび》いた。

警視庁捜査一課第四強行犯捜査殺人犯捜査第三係に栄転になったのは、三十代のときだった。

捜査一課にはおよそ三百五十人の課員がいるが、そのひとりになるのはたやすくない。強運に恵まれたことに素直に感謝した。

その後、時任は殺人犯捜査第五係、七係と異動になり、一年八カ月前まで第五強行犯捜査殺人犯捜査第七係の係長を務《つと》めていた。順調に階段を昇《のぼ》ったことになる。

時任は敏腕刑事として、一目置かれる存在だった。だが、あまり協調性はない。担当管理官の指示をたびたび無視し、自分の推測や経験則を優先させていた。

筋読《すじよ》みを外すことはめったになかったが、勝手な行動が問題視された。

時任は、バディを組んだ所轄署刑事を聞き込み先に置き去りにすることがあった。相棒に捜査対象者の尾行を任せて、自分は別行動をとったりもした。

手柄を独り占めにしたかったのではない。

被害者の無念を一刻も早く晴らしたいという気持ちが膨《ふく》らみ、つい性急《せいきゅう》になってしまったのだ。悪意も他意もなかった。

しかし、どんな捜査も原則はチームプレイである。

独歩行《どっぽこう》はルール違反だ。当然のことながら、時任に対する風当たりは強くなる一方だった。そんなことで、職場では浮いていた。

時任ははみ出し者だが、いわゆる点取り虫ではない。事実、ほとんど出世欲はなかった。現場捜査を担当できれば、それで不満はなかった。時任は捜査そのものが好きだった。猟犬のように被疑者という獲物をどこまでも追うスリルがたまらない。性《しょう》に適《あ》っていた。

そうした時任を思う存分に働かせてやりたいと考えた捜査一課長の笠原正人《かさはらまさと》警視正が、彼を直属の密行捜査員に任命したのである。

五十歳の笠原はノンキャリア組の出世頭で、上層部に信頼されていた。それだけの実績もあった。

笠原課長の英断は、警視総監、副総監、刑事部長に承認された。ただし、非公式の承認だ。時任は、表向き二〇〇九年の春に百人体制で発足した捜査支援分析センターに所属している。だが、そこに彼のデスクはない。要するにゴーストメンバーである。

時任は特命で捜査活動をしていないときは、賃貸マンションの自宅で待機していた。登庁する義務はなかった。

特命の窓口は、警察官僚《キャリア》の桐山彰《きりやまあきら》理事官が担《にな》っていた。

四十二歳の桐山は、笠原課長の参謀だ。捜査一課のナンバーツーで、十数人の管理官を束《たば》ねている。有能なエリートだが、尊大ではない。気さくで懐《ふところ》が深かった。

時任は例外として、シグP230Jの常時携行を認められている。別注のライセンス自動拳銃だ。専用の覆面パトカーも貸与《たいよ》されていた。灰色のエルグランドだ。その車は自宅マンションの駐車場に置いてある。

時任は、都内の所轄署に設置された捜査本部の支援活動を非公式にしている。正規の捜査員たちを刺激しないよう極力《きょくりょく》、心掛けていた。

それでも、運悪く聞き込み先で正規捜査員たちと鉢合わせすることがあった。そんなときは、もっともらしく言い繕《つくろ》う。

だが、疑われて尾行されたこともある。そのときは隠れ捜査を中断し、自分の塒《ねぐら》に帰った。

時任は五年七カ月前に離婚して目下、独身である。別れた元妻はあろうことか、自分の旧友と不倫していた。

それを知ったときはショックだった。しかし、時任は妻を詰《なじ》ることはできなかった。仕事にかまけていて、伴侶《はんりょ》に淋《さび》しい思いをさせていたという自覚があったからだ。

とはいえ、人生の伴走者に裏切られた事実は重かった。いまも女性不信は払拭《ふっしょく》できていない。まだ本気で恋愛をする気持ちにはなれなかった。

ただ、男盛《ざか》りだ。柔肌《やわはだ》が恋しくなる晩もある。時任は月に二、三回、ハントバーで知り合った二、三十代の独身女性と割り切った情事を重ねていた。

情愛の伴《ともな》わないセックスは事後、きまって虚《むな》しさに襲われる。しかし、束《つか》の間《ま》、心と体の渇《かわ》きは癒《いや》される。

いまは、それだけで充分だ。それ以上のことを望むのはわがままだろう。

時任は単独捜査に従事しているが、二人の協力者がいた。

ひとりは元刑事の私立探偵だ。品田博之《しなだひろゆき》という名で、六十二歳である。

品田は、時任が殺人犯捜査第七係の係長だったころの部下だ。停年退職した後、元部下は小さな探偵事務所を開いた。事務所は渋谷の道玄坂《どうげんざか》にある。

物欲のない品田は、金になる浮気調査をあまり引き受けたがらない。もっぱら失踪人捜しをこなし、ストーカーや脅迫者の正体を突きとめている。

調査員や事務員を雇うだけの余裕はないようだ。妻の聡子《さとこ》を電話番として事務所に詰めさせていた。聡子は品田よりも三つ若い。

ひとり娘は福岡の商家に嫁いでいる。夫婦は築三十年近い建売住宅で質素に暮らしているが、どちらも幸せそうだ。

叩き上げの品田は長いこと未解決事件の専従捜査を担当してから、時任の部下になった。その名残《なごり》で、いまも時任を係長《ハンチョウ》と呼ぶ。

品田は、いわゆる人情刑事だった。犯罪そのものは憎んでいるが、やむを得ない動機で罪を犯してしまった者には決して冷淡ではなかった。それどころか、更生に力を貸していた。

もうひとりの助っ人の寺尾理沙《てらおりさ》は、二十九歳の美女だ。プロポーションも申し分ない。フリーの犯罪ジャーナリストで、頭の回転が速い。

理沙は小学生のころから女性刑事になることを夢見ていたらしいが、その望みは叶《かな》わなかった。母方の伯父がやくざだったせいで、採用試験に通らなかったのだ。受験者がどんなに優秀であっても、血縁者に前科者がいる場合は警察官になれない。

理沙の伯父は、博徒系一家の二次団体の組長だった。剣持勇《けんもちいさむ》という名で、五十八歳だった。

剣持は傷害罪で三度、有罪判決を下されている。若い時分から血の気《け》が多かったのだろう。血筋なのか、理沙も姐御肌《あねごはだ》だった。

彼女は大学を卒業すると、ある著名な犯罪心理学者の助手になった。そして三年前に独立して、犯罪ジャーナリストになったのである。そこそこ売れているようだ。

理沙は伯父が筋者《すじもの》ということで、裏社会に精通している。無法者たちが凄《すご》んでも、臆《おく》することはない。少林寺拳法二段で、並の男よりも強かった。

理沙は時任に心を寄せているようだが、恋情を言葉にしたことはない。彼女は数年前に失恋したことで、少し恋愛に臆病になっているのだろう。

時任は理沙に魅力を感じているが、まだ恋愛感情とは言えない。だが、似た者同士である。何かをきっかけにして、二人が急接近することも考えられる。

例のカップルが何か短く言い交わした。スキンヘッドの若者の視線が、ドアの近くに立った五十年配の男に注《そそ》がれた。

眼鏡《めがね》をかけた五十一、二歳の男は地味な色の背広を身につけ、ベージュのコートを羽織《はお》っている。実直そうなサラリーマンに見えた。

男は車内広告を眺《なが》めながら、体のバランスを保っている。吊り革は握っていない。

ブロンドヘアの娘が妙な笑みを浮かべ、連れの若者から離れた。彼女は五十男の前に回り込んだ。

スキンヘッドの若者が、五十絡《がら》みの男の斜め後ろに移動した。やはり、若い男女は何か企《たくら》んでいるにちがいない。

時任は確信を深め、五十年配の男のスラックスのヒップポケットのあたりに目をやった。膨らんではいない。札入れは、コートか上着の内ポケットの中に入れてあるのだろう。

けばけばしい感じの娘が後ろに退《さ》がって、ヒップを突き出す恰好《かっこう》になった。真後ろには、五十代前半の男が立っている。

髪を剃《そ》り上げた若者が黒っぽいパーカのポケットからスマートフォンを掴《つか》み出し、半歩前に進み出た。

どうやら若いカップルは、眼鏡をかけた男を痴漢《ちかん》に仕立てる気らしい。狙いをつけた相手に何か恨《うら》みがあるのか。それとも、単に恐喝材料を手に入れたいだけなのだろうか。悪質なカップルが電車やバスの中で中高年男性を痴漢扱いして、示談金をせしめた事例が過去に何件もあった。

時任は、不自然な動きを見せた若い男女から目を離さなかった。

ほどなく地下鉄電車が上野駅のホームに滑り込んだ。まだ何事も起こっていない。車内に乗り込んできた人々は少なくなかった。

電車が走りはじめた。

その直後、髪を金色に染めた娘がふたたび尻を大きく突き出した。眼鏡の男が驚いた表情で、すぐ半歩退《さ》がった。

スキンヘッドの若者が五十絡みの男の背中を押し、スマートフォンの向きを変えた。動画撮影しはじめたのだろう。ブロンドヘアの娘は自分でミニスカートをたくし上げ、わざと真珠色のパンティーを覗《のぞ》かせた。

「変なことしないで！　なんで股間《こかん》をあたしのヒップに強く押しつけたのよっ。あんた、痴漢でしょうが！」

「な、何を言ってるんだ⁉　きみが故意にヒップを密着させたんじゃないか」

眼鏡をかけた男が狼狽《ろうばい》して、大声で弁明した。乗客たちの蔑《さげす》むような眼差《まなざ》しが五十絡みの男に集まる。

「卑怯《ひきょう》な奴ね。あたしを痴女みたいに言って、ごまかす気なんでしょ！」

「わたしは何も疚《やま》しいことなんかしていない。本当だよ。濡衣《ぬれぎぬ》だって」

「おっさん、もう観念しなよ。おれは、この目で見てたんだぜ。おたくが、前にいる彼女のスカートの裾を捲《まく》り上げてたとこをな」

スキンヘッドの若者が口を挟《はさ》んだ。

「嘘をつくなっ」

「おれはおたくが痴漢行為に耽《ふけ》ってたんで、スマホのカメラで動画撮影したんだよ」

「えっ⁉」

「あたしが痴漢に遭《あ》ったことの証人になってもらえます？」

金髪の娘が振り向いて、連れの若者に頼んだ。ポーカーフェイスだった。

「ああ、いいよ。このおっさんを次の仲御徒町《なかおかちまち》で降ろして、駅員に一一〇番してもらおうや」

「は、はい」

「痴漢とか盗撮マニアは懲《こ》らしめてやらないとな」

スキンヘッドの若い男が聞こえよがしに言った。近くにいた乗客の男女が次々に相槌《あいづち》を打つ。

「わたし、おかしなことはしていません」

五十絡みの男が周囲の乗客たちに訴えた。

だが、その言葉を真《ま》に受ける者はいなかった。眼鏡をかけた男が絶望的な溜息《ためいき》をつく。時任は素姓《すじょう》を明かしたい気持ちを抑《おさ》え、もう少し成り行きを見守ることにした。

ほどなく電車は、仲御徒町駅に着いた。

若いカップルは、いつの間にか五十男の腕を片方ずつ強く握りしめていた。扉が開く。痴漢に仕立てられた男はホームに引きずり下ろされた。全身でもがいたが、怪しいカップルから逃《のが》れることはできなかった。

時任も下車した。

そのとき、眼鏡の男がスキンヘッドの若者に顔を向けた。

「おまえら二人は誰かに頼まれて、このわたしを陥《おとしい》れたんじゃないのかっ。そうなんだろう？」

「おっさん、寝呆《ねぼ》けたこと言ってないでちゃんと歩けよ」

「スマホの動画を観《み》せてくれ」

「後《あと》で観せてやるから、さっさと歩け！」

スキンヘッドの若い男が声を尖《とが》らせた。眼鏡の男は気圧《けお》されたようで、黙り込んでしまった。

カップルは改札を抜けても、駅員に声をかけなかった。時任は無言で三人の後を追った。

地上に出ると、若い男女は痴漢に仕立てた中年男性を暗い裏通りに連れ込んだ。人通りは少ない。時任は物陰に隠れた。

スキンヘッドの若者がスマートフォンを取り出し、動画を再生させた。映像を確認した五十年配の男が強い口調で抗議した。

「やっぱり、髪をブロンドに染めた娘《こ》が自分でヒップを後ろに突き出したんじゃないか」

「おたくが、そうしろって小声で威《おど》したからだろうが！　おれの耳にはちゃんと聞こえたぜ」

「いい加減なことを言うなっ」

「痴漢行為を認める気がないんだったら、おれ、ポリ公を呼ぶよ」

「別に困らないよ、そうされてもな。わたしは法に触《ふ》れることはしてないんだから、警察なんか怖くない」

「しぶといおっさんだぜ」

スキンヘッドの男が肩を竦《すく》めた。

「あたし、警察は苦手なのよ。危険ドラッグにハマってたとき、何度も任意同行を求められて、いろいろ調べられたの。とっても不愉快だったわ」

「おれも警察とはあまり相性《あいしょう》がよくねえんだ。そっちがそう言うんだったら、示談にしてやれば？」

「そうね、そうしようかな。けど、十万や二十万じゃ勘弁できないわ」

「片手は欲しいだろうな」

「そのぐらいはね。五十万の詫《わ》び料を払ってくれるんだったら、水に流してやってもいいわ」

「わたしがどうして詫び料を払わなきゃならないんだっ。ふざけたことを言うな」

「警察を呼んだら、おじさんは困るんじゃない？　おそらく会社もクビになるんじゃないのかな。おじさん、三十万で手を打ってやってもいいわ。それだけのキャッシュを持ち歩いてないんだったら、コンビニのATMでお金を引き出してよ」

ブロンドの娘が譲歩した。

「おまえたちはグルだったんだな。わたしを痴漢扱いして、金を脅し取る魂胆《こんたん》だったんだろうが！　ああ、そうにちがいない」

「横にいる彼は知らない男性《ひと》よ。おじさん、どんな証拠があって……」

「いいから、早く一一〇番しろ！」

眼鏡をかけた男が声を張った。若いカップルは困惑顔になった。

時任は三人に近づき、FBI型の警察手帳を呈示《ていじ》した。そのとたん、スキンヘッドの若者と金髪娘が落ち着きを失った。二人は目配せすると、急に逃げだした。逃げ足は速かった。

時任は追わなかった。雑魚《ざこ》を検挙していたら、きりがない。

痴漢扱いされた中年男性は、佐藤透《さとうとおる》という名だった。大手物流会社の課長職に就《つ》いていた。

「とんでもない目に遭《あ》われましたね」

「きょうは、厄日《やくび》でしたよ。逃げた男女はグルだったんでしょ？」

佐藤が訊《き》いた。

「それは間違いないと思います。電車やバスの中で若い娘《こ》が不自然に接近してきたら、要注意と思ったほうがいいですね」

「ええ、気をつけます。それにしても、世の中はおかしくなってる感じだな」

「そうですね。被害届を出しても、立件できるかどうかは微妙なところですが、どうされます？」

「あいつら二人をとっちめてやりたい気持ちはありますが、被害届を出したら、何かと時間を取られてしまうでしょう？」

「ま、そうですね」

「なら、やめます」

「そうですか。お帰りになっても結構です」

時任は言った。

佐藤が幾度も礼を述べて、地下鉄の駅に引き返していった。時任はなんとなく酒が飲みたくなった。五、六分歩いた場所に何度か入ったことのあるバーがあった。

時任は、その店に向かった。バーの軒灯が前方に見えたとき、上着の内ポケットで刑事用携帯電話《ポリスモード》が着信音を発した。

制服警官にはPフォン、私服警官にはポリスモードが貸与されている。どちらも市販の機種と型はそっくりで、五人との同時通話が可能だ。写真や動画を本庁通信指令本部かリモート・コントロール室に送信すれば、その画像はただちに警察関係者に転送できる。

時任はポリスモードを摑《つか》み出した。ディスプレイを見る。発信者は桐山理事官だった。

「時任君、自宅にいるのかな？」

「いいえ、御徒町にいます。特別任務の指令ですね？」

「そうなんだ。西麻布《にしあざぶ》のいつもの店の個室席で五十分後に落ち合えるか。今回は笠原課長は同席されない」

「わかりました。できるだけ早くダイニングバーに着くようにします。では、後ほど……」

時任は電話を切り、表通りまで駆けた。

数分待つと、空車ランプを灯《とも》したタクシーがやってきた。時任は右手を掲《かか》げた。

2

タクシーが走り去った。

時任はダイニングバー『J』に足を踏み入れた。十時数分前だった。

顔馴染《かおなじ》みの男性店長がにこやかに近づいてきた。

「いらっしゃいませ。桐山さまは五分ほど前にお越しになられました」

「そうですか」

時任は短く応じ、店長の後に従った。案内されたのは、いつも利用している奥の個室席だった。

カラオケボックスに似た造りで、ドアの上部には小さな覗き窓がある。六畳ほどのスペースだ。椅子は四脚あった。

「お待たせしました」

時任は、桐山理事官と向かい合う位置に座った。桐山が飲みものと数種のオードブルをオーダーする。

店長が下がった。時任は小声で桐山に問いかけた。

「今度の事件《ヤマ》は？」

「二月四日の夜、目黒《めぐろ》の碑文谷《ひもんや》署管内で美人弁護士が帰宅途中に造園会社の植林畑に引きずり込まれて絞殺されたんだが……」

「その事件のことは鮮明に憶《おぼ》えていますよ。二十八歳の被害者《マルガイ》は女優並みの美人でしたんでね。名前は確か伊吹美寿々《いぶきみすず》だったな」

「その通りだよ。被害者は衣服は剝《は》がされていたが、性的な暴行は受けていなかった」

「犯人は性犯罪に見せかけたかったんで、革紐《かわひも》で絞殺してから被害者をランジェリー姿にしたんでしょう」

「そう考えられてもいたね。所轄の碑文谷署と本庁《うち》の機動捜査隊が初動捜査に当たったんだが、有力な手がかりは得られなかった。それで、所轄署に捜査本部が設置されて殺人犯捜査第五係の十三人が出張《でば》ったんだ。碑文谷署の刑事たちと地取《じど》りと鑑取《かんど》りに励んだんだが、第一期の一カ月では容疑者の絞り込みはできなかった。五係のメンバーは優秀なんだがね」

「第二期から追加投入されるのは？」

「笠原課長と相談して、七係の面々を送り込むことになった。七係のメンバーも粒揃《つぶぞろ》いなんだが、二期内に事件を落着させられるかどうかね。なんだか心許《こころもと》ないんで、また時任君に動いてもらうことになったんだよ」

桐山が言って、ミネラルウォーターで喉を湿らせた。理事官は自分が先に待ち合わせの場所に着いても、決して自分だけ先に飲食はしない。

「報道によると、捜査本部《チョウバ》は疑わしい人間を何人か割り出したようですね？」

「そうなんだ。ビールと料理が運ばれてきてから持ってきた捜査資料を渡すが、ざっと捜査の流れを話しておこうか」

「お願いします」

「殺害された伊吹美寿々は八カ月前、婚約を破棄《はき》しているんだ。相手の男が婚約中に複数人の女性とホテルに行ったことが発覚したんで、美人弁護士は婚約者に背を向ける気になったんだろう」

「当然でしょう、婚約者は不誠実すぎます」

「そうだね。婚約者は女にだらしがないくせに、プライドが高いみたいなんだ。自分の不始末が婚約破棄を招いたのに、美寿々に恥をかかされたと激怒して殺人予告メールを送りつけていたんだよ」

「ただの威《おど》しだったんでしょう？」

「いや、本気で伊吹美寿々を殺す気だったみたいだな。婚約を破棄された二階堂宗太《にかいどうそうた》、三十四歳はネット通販で刃渡り十六センチのコマンドナイフを手に入れて、闇サイトをちょくちよく覗《のぞ》いていたんだよ」

「被害者に殺人予告メールを送信したことは、認めたんですか？」

　時任は問いかけた。

「それは認めたんだ。それから、コマンドナイフを購入したことやネットの闇サイトで代理殺人を請け負ってくれる奴を探したこともね」

「そうですか。その二階堂の事件当夜のアリバイは？」

「アリバイはあったんだ。第三者に殺人を依頼した気配もうかがえなかったので、シロと断定されたんだよ。もしかしたら、捜査が甘かったのかもしれないな。二階堂は何らかの方法で、足のつきにくい殺し屋に元フィアンセを始末させたと疑えなくもない。偽造パスポートで日本に潜《もぐ》り込んで不法滞在している外国人に二階堂が接触できたとすれば、代理殺人は発覚しにくいだろう？」

「そうでしょうね。そのあたりのことを調べてみます。被害者に婚約破棄された男のほかにも怪しまれた者がいるんでしょ？」

「ああ。絞殺された伊吹美寿々は、ローファームと呼ばれてる大きな法律事務所に所属していたんだよ。働いていた『中杉《なかすぎ》総合法律事務所』には十六人の弁護士のほか、公認会計士、弁理士が八人登録してる。専属の調査員も五人抱えてるな」

「ボスの中杉所長は、人権派弁護士として知られた人物ではありませんか？」

「そうなんだ。中杉充利《みつとし》所長、五十六歳は古いタイプの人権派弁護士ではないんだよ。企業家並みに商才もあって、欧米型のローファームの経営に乗り出したんだ。所属している国際弁護士は欧米の大企業の意匠権《いしょうけん》裁判では勝訴しつづけているそうだよ」

「それほどの遣《や》り手なら、独立して国際弁護士として活動しても充分にやれそうだが……」

「だろうね。しかし、スタッフは中杉所長を師と仰《あお》いでいるので、誰もローファームから抜けようとしないみたいなんだ。それだけボスには魅力があるんだろう」

「そうなんでしょう。被害者の伊吹美寿々も、所長の中杉弁護士を慕《した》ってたんではありませんか」

「それは間違いないだろう。伊吹美寿々は民事と刑事事件の弁護をバランスよくこなしている中杉所長はニュータイプの法律家だとリスペクトしていたので、弟子入りする形でローファームの一員になったんだ」

「そうだったんですか」

「被害者《マルガイ》はボスを見習って、民事と刑事事件の両方の弁護を担当していたそうだ。話が少し逸《そ》れてしまったが、美人弁護士はローファームの専属調査員だった平松謙次《ひらまつけんじ》、四十六歳に逆恨《さかうら》みされていたんだよ」

桐山が言って、すぐに口を閉じた。ウェイターの足音が近づいてきたからだ。

時任は背凭《せもた》れに上体を預けた。卓上にビールと数種の料理が置かれた。ウェイターが個室席から出ていくと、桐山が手早く二つのグラスにビールを注いだ。

「飲み喰いしながら、喋《しゃべ》ろうじゃないか」

「はい」

二人はビアグラスを触れ合わせた。

理事官が鮃《ひらめ》のムニエルをナイフとフォークで切り分ける。時任は仔羊《こひつじ》の胸腺《きょうせん》パイ包み焼きを少し食べ、ビールを傾けた。あまり腹は空《す》いていなかった。

多分、桐山理事官も同じだろう。だからといって、個室席でアルコールだけしか飲まないというわけにはいかない。官費の無駄遣《づか》いと謗《そし》られそうだが、大目に見てもらおう。

「平松という男は、三十代後半まで東京地検で検察事務官をやっていたんだ。年下の担当検事と反《そ》りが合わないとかで退官したんだよ」

「で、『中杉総合法律事務所』に……」

「そうなんだ。平松は検事になりたかったようだが、その夢は実現しなかった。仕方なく検察事務官になったんだろうが、あまり仕事熱心じゃなかったみたいだね」

「そうなんですか」

「新しい職場でも、どうも調査の仕方がルーズだったようだ。伊吹美寿々は平松に苦言を呈《てい》していたらしい。はるか年下の女性に文句を言われたことが腹立たしかったのか、平松はさらに調査の手を抜くようになったそうだよ」

「大人《おとな》げない奴だな」

「わたしも、そう思ったよ。ほかの弁護士からもクレームをつけられていたんだろうな。去年の十一月下旬に平松はボスの中杉所長に解雇を言い渡されたんだ」

「平松は美人弁護士が所長に告げ口したと早合点《はやがてん》して、逆恨みしてたんではありませんか？」

「さすがだね、時任君。平松謙次は職を失ったんで捨て鉢になって、酒場で知り合った男たち三人に美寿々を拉致《らち》させようとしたことがあるんだ。どうも三人組は美寿々を輪姦《りんかん》する気だったようだな」

「被害者は拉致されずに済んだんですね？」

「そう。美寿々は不審な男たちに尾《つ》けられてることに気づいて、友人宅に逃げ込んだんだよ」

「それで、被害に遭わなかったわけか」

「ああ、そうなんだ。捜査本部が平松を取り調べたら、飲み屋で知り合ったフリーターたちに美寿々を拉致させようとしたことは認めたんだよ。しかし、未遂に終わったので平松と三人組は書類送検で済んだ」

桐山が言った。

「そんなことがあったんでしたら、当然、捜査本部は平松が美人弁護士殺しに関与してるのではないかと疑うでしょ？」

「捜査班の連中は平松をマークしつづけたんだよ。それで、碑文谷署管内で起こった絞殺事件にはタッチしていないという心証《しんしょう》を得たそうなんだ」

「二階堂と平松のほかに捜査線上に浮かんだ者はいないんですか？」

「被害者に一目惚《ひとめぼ》れした二十五歳のスーパーの店員が被害者を尾行して自宅マンションを突きとめ、交際を申し込んだらしい。その男は長友翔《ながともしょう》という名で、一年数カ月前に東京都迷惑防止条例に引っかかったことがあるんだよ」

「ストーカーじみたことをしてたんですね？」

「そうなんだ。長友は自分が働いているスーパーによく買物に来てた若い人妻にのぼせて、尾行を繰り返してたんだよ。相手に気づかれて注意されても、しつこくつきまとっていた。だから、相手の夫に一発ぶん殴られてしまったんだ」

「それで、ストーカー行為はやめたんでしょ？」

「そうなんだが、長友は自分の精液入りのスキンを若妻の自宅の郵便ポストに投げ入れるようになった」

「陰湿な男だな。その長友は伊吹美寿々に交際の申し込みを断られたことで、何か厭《いや》がらせをするようになったんでしょう？」

「そうなんだ。美人弁護士の自宅マンションのドア・ポストに黒いレースのパンティーを突っ込んだことがあったそうだが、その後は何も悪さはしていない。それでも一応、捜査本部は長友のアリバイ調べをしたんだ」

「で、どうだったんです？」

「完璧なアリバイがあった。長友が実行犯でないことは確かだが、誰か知り合いに伊吹美寿々を殺させたと疑えないこともないね」

「そのへんのことも当然、第一期で調べ上げたんでしょ？」

「もちろんだよ。それで長友はシロだろうってことになったんだが、もしかすると、捜査に何か抜けがあったのかもしれないな」

「そうなんでしょうか」

「第一期で、二階堂、平松、長友の三人はシロと判断された。どいつも実行犯ではないと思うが、第三者に伊吹美寿々を葬《ほうむ》らせた可能性はゼロじゃないだろう。時任君、じっくり調べてみてくれないか」

「わかりました。理事官、捜査資料を見せていただけますか」

時任は促《うなが》した。

桐山が大きくうなずき、かたわらの椅子の上に置いた黒いビジネスバッグを膝の上に移した。中から青いファイルを抜き取り、そのまま差し出す。

時任は捜査資料を受け取った。ファイルは少し重かった。表紙とフロントページの間に鑑識写真の束が挟《はさ》み込んであった。二十数葉《よう》で、カラー写真ばかりだ。その多くは死体写真だった。

時任は鑑識写真を一枚ずつ捲《めく》りだした。

被害者は造園業者の植林畑の奥まった場所に横たわっている。仰向《あおむ》けだった。ブラジャーの片方がずれ、乳房が半分ほど零《こぼ》れていた。

パンティーも下げられ、わずかに恥毛が見える。首には黒っぽい革紐が二重に巻かれていた。苦しそうな死に顔だ。

遺体のそばには、脱がされた衣服、バッグ、パンプスなどが散乱している。腕時計は嵌《は》めたままだった。

時任は目を通した鑑識写真の束をテーブルの上に重ねて置き、事件調書の文字を目で追いはじめた。

事件が発生したのは二月四日の深夜だった。

犯行現場は、目黒区碑文谷四丁目十×番地の『宮下造園《みやした》』の植林畑だ。事件通報者は『宮下造園』の宮下邦夫《くにお》社長、六十四歳である。二月五日午前五時半ごろに自分の植林畑に入り、遺体を発見したのだ。宮下社長は持っていたスマートフォンで一一〇番通報した。

近くにある碑文谷署の地域課員と刑事課強行犯係がいち早く臨場し、次《つ》いで警視庁機動捜査隊や鑑識課員が駆けつけた。検視官も現場を踏んだ。

凶悪犯罪が発生した場合、鑑識作業が真っ先に行われる。遺留品や加害者の足跡の保全が何よりも大事だからだ。たとえキャリアの理事官や管理官であっても、鑑識係よりも先に事件現場に足を踏み入れることはできない。

鑑識班があらかた作業を終えてから、殺人事件の場合は検視が行われる。全国に四百人ほど検視官がいるが、まだまだ数が足りない。

殺人事件の被害者は必ずしも検視を受けているわけではなかった。ベテランの捜査員が検視を代行することも少なくない。それが現状だ。

長いこと捜査畑を歩いてきた刑事であっても、法医学の知識があるわけではない。他殺を事故死や自殺と判断してしまったら、大変なことになる。

そのため、他殺の疑いがある場合は司法解剖が義務づけられている。昭和二十三年まで東京二十三区で起こった殺人事件の被害者は東京大学か慶應義塾大学の法医学教室で司法解剖されていたが、その後は行政解剖を手がけていた東京都監察《かんさつ》医務院が担《にな》っている。ただ、多摩地域に限っては、いまも杏林《きょうりん》大学医学部と東京慈恵会《じけいかい》医科大学に司法解剖が委嘱されている。

美人弁護士の亡骸《なきがら》はいったん碑文谷署に安置されてから、司法解剖に回された。

死因は窒息《ちっそく》だった。死亡推定日時は二月四日午後十時から翌午前零時の間とされた。被害者の首には、電線《ワイヤー》付きの高圧電流銃テイザーガンの砲弾型電極の痕《あと》がくっきりと残っていた。伊吹美寿々は家路を急いでいるときに背後から頸部《けいぶ》にテイザーガンの砲弾型電極を撃ち込まれ、強力な電流で昏倒《こんとう》させられたのだろう。そして『宮下造園』の植林畑に連れ込まれ、革紐で絞殺されたと思われる。

凶器には、加害者の指掌紋《しじょうもん》、皮脂《ひし》、汗などは付着していなかった。犯人の靴跡と思われるものは、幾つも地べたに彫《ほ》り込まれており、大量生産された紐靴と判明した。靴のサイズは二十六センチだが、それで加害者を特定することはきわめて難しい。被害者の靴底からは特殊な土砂や植物片は検出できなかった。

遺体の周辺にも、加害者のものと思われる毛根付きの髪、体液、維織片などは見つかっていない。つまり、DNAを鑑定できる遺留品は皆無だった。加害者は、冷徹な犯罪のプロなのだろうか。

　第一期捜査によると、事件当夜、現場付近で不審者を目撃した者はひとりもいなかったらしい。人が争う声を聞いた者もいなかった。

　現場付近は閑静な住宅街だ。目黒通りから少し離れた脇道は夜間、あまり人が通らないようだ。事件通報者の自宅兼事務所は植林畑の斜め裏にあるが、何も異変には気づかなかったと調書に綴《つづ》られていた。

　市販の高圧電流銃《スタンガン》を使った窃盗や強盗事件は数多い。しかし、テイザーガンは被弾した者に大きなショックを与える。アメリカの警察官はテイザーガンを携行しているが、被疑者をショック死させた事例もあった。そんなことで、日本ではテイザーガンを使った犯罪は数件しか起きていない。

　そうしたことを考えると、美人弁護士を殺したのはプロの殺し屋なのか。

　時任はそう考えながら、鑑識写真の束をファイルに挟んだ。顔を上げると、桐山理事官が先に口を開いた。

「わたしは事件調書と解剖所見を二度読んだんだが、素人《トウシロ》の手口じゃなさそうだね。加害者は防犯カメラのない夜道でテイザーガンで伊吹美寿々を昏倒させ、『宮下造園』の植林畑の奥に連れ込んでいる。路上に被害者を引きずった形跡はなかったんで、おそらく被害者を肩に担《かつ》ぎ上げて植林畑の奥まで運んだんだろう」

「多分、そうなんでしょうね。そして、ぐったりしている被害者に馬乗りになり、手早く革紐を首に二重に回し……」

「一気に絞め殺したんだろうな。美人弁護士は大声をあげる前に命を奪われてしまったにちがいない。時任君、犯人は強《したた》かな犯罪者なんじゃないのかね。伊吹美寿々に何らかの恨みを持つ奴が殺し屋《プロ》を雇ったと筋を読むべきなのかもしれないな」

「確かに加害者は冷徹に行動してる感じですよね。しかし、それでプロの殺し屋の犯行《ヤマ》と思い込んでもいいのでしょうか」

「異論があるようだな。きみの筋読みを聞かせてくれないか」

「わかりました。犯行に沈着さは感じますが、なぜだか犯人は性的な犯罪と見せたかったようで、被害者を下着姿にしています。しかも、ブラジャーとパンティーを少しずらしてますよね」

「そうだな」

「検視ではわからなくても、司法解剖で被害者《マルガイ》が辱《はずかし》められたかどうかは明らかになります。それなのに、わざわざ加害者は美寿々の衣服を脱がせてランジェリーだけにしていますでしょ?」

「そうだね」

「犯罪のプロの仕業《しわざ》だったら、わざわざ無駄なことはしないでしょう。被害者を絞殺したら、さっさと逃げるはずです。それから、凶器の革紐を回収してないことも妙ですね。殺し屋《プロ》なら、凶器は事件現場には遺《のこ》したりしないんじゃないのかな」

「そう言われると、自信が根底から揺らぐな。犯人は前科歴《マエ》のない堅気《かたぎ》と考えるべきなのかね。浅知恵でレイプ事件を装う気になって、被害者をランジェリーだけの姿にしたのだろうか」

「こっちは、そんな気がしてるんですよ」

「そうなのかもしれないね。後で当座の捜査費として百万円を渡すが、しばらくのんびり酒も飲めなくなるだろう。今夜は存分に飲《や》ってくれないか。ビールを空《あ》けたら、ウイスキーのロックに切り替えよう。時任君、ぐっと空けてくれ」

「ええ」

時任はビアグラスを空《から》にして、理事官の酌《しゃく》を受けた。

3

大小の樹木が所狭しと植えられている。

常緑樹が目立つ。『宮下造園』の植林畑だ。優に三百坪はあるだろう。

時任は鑑識写真を片手に奥に進んだ。植林畑は塀や柵で囲われていない。時任は道路から無断で入ったのである。

特命を受けた翌朝だ。十時前だった。

美人弁護士の遺体が発見された場所には見当がついた。しかし、事件の痕跡はうかがえなかった。

別に加害者の遺留品を見つけに事件現場を訪れたわけではない。事件現場に立つことで、刑事魂を奮《ふる》い立たせたかったのだ。時任は、密命捜査の指令が下るたびに必ず殺人現場に臨んできた。それが習わしだった。

時任は鑑識写真をウールジャケットの内ポケットに入れ、その場に屈《かが》み込んだ。瞼《まぶた》を閉じて被害者の冥福《めいふく》を祈る。

立ち上がったとき、樹木の間から六十代半《なか》ばの陽灼《ひや》けした男が現われた。

「庭木をお探しですか？」

「いいえ、そうじゃないんですよ。警視庁の者です。無断で植林畑に入らせてもらいました。失礼ですが、あなたは宮下邦夫さんですよね？」

時任は確かめ、ＦＢＩ型の警察手帳を呈示《ていじ》した。所属セクション名を指で巧《たく》みに隠したまま、すぐ懐に戻す。

「刑事さんだったのか」

「碑文谷署に置かれた捜査本部の支援に駆り出されたんですよ。通常、捜査員は二人一組で聞き込みに回っているんですが、支援要員の数が少ないものですから……」

「ひとりで聞き込みをしてるんだ？」

「そうなんですよ」

「ここで殺人事件があってからは、庭木を買う客がめっきり減っちゃってね。まいったよ」

宮下が短く刈り込んだ白髪頭《しらがあたま》を撫《な》で、苦く笑った。細身で、やや小柄だ。

「とんだ災難でしたね」

「うん、まあ。けど、そのうち客は増えるでしょう。殺された女性弁護士は少し先の賃貸マンションに住んでたんで、たまに道で立ち話をしてたんだよな。美人だったけど、取り澄ましたとこなんかなかったね。すごく感じがよかったよ」

「そうですか。事件が起こってから一カ月が経《た》つのに、まだ容疑者を特定できていないんですよ。それだから、こちらが助っ人として駆り出されたんです」

「早く犯人を取っ捕まえてやってよ。二十代で命を奪われたんだから、さぞ故人は無念だったにちがいない。一日も早く成仏《じょうぶつ》させてやらないとね」

「ええ、頑張ります。宮下さんが事件通報者であることはわかっているんですが、その後、事件に関する事柄で思い出されたことはありませんか？」

「別にないな。事件当夜、わたしら夫婦が敷地内の異変に気づいていれば、美人弁護士は殺されずに済んだかもしれないと考えると、なんか申し訳なくてね」

「宮下さんにはなんの責任もありませんよ。それはそうと、事件前に被害者が不審者に尾《つ》けられてるところを目撃したことは？」

「別の刑事さんにも同じことを訊かれたけど、そういうことはなかったな。家内も怪しい人物は見ていないと言ってました」

「そうですか。この畑の中に誰かが入り込んだ気配もまったく感じなかったんですね？」

「ええ。言い争う声や女の悲鳴も聞こえなかったな」

「わかりました。ご協力に感謝します」

時任は宮下に礼を述べ、植林畑を出た。

エルグランドは近くの路上に駐《と》めてある。時任は専用捜査車輛に乗り込み、被害者が借りていた賃貸マンションに向かった。

捜査資料によると、一週間ほど前に遺族が被害者の部屋を引き払ったらしい。時任はマンションの入居者から新たな情報を得られることを期待していた。

数分で、目的の『碑文谷グランドール』に着いた。美寿々が借りていたのは四〇八号室だ。

時任は車を路肩に寄せ、まず四階に上がった。各室のドアフォンを鳴らしたが、半数近くは応答がなかった。時任は、在宅している入居者全員に会ってみた。しかし、新しい手がかりは得られなかった。

時任は三階と五階の全室も訪ねたが、無駄骨《むだぼね》を折っただけだった。エルグランドの中に戻り、横浜市港北区日吉本町《こうほくくひよしほんちょう》にある故人の実家をめざす。

目的の戸建て住宅を探し当てたのは四十数分後だった。

美寿々の父親は商社マンで、ロンドンに単身赴任中だ。三つ違いの兄は大阪の製薬会社で働いている。実家には被害者の母親の香澄《かすみ》、五十七歳だけが住んでいるようだ。

時任はエルグランドを伊吹宅の生垣《いけがき》の際《きわ》に停め、エンジンを切った。

車を降り、インターフォンを鳴らす。ややあって、スピーカーから落ち着いた女性の声が流れてきた。

「どちらさまでしょう」

「警視庁の時任といいます。亡くなられた美寿々さんのお母さんでしょうか？」

「はい、そうです」

「実は……」

時任は来意を告げた。

「もちろん、協力させていただきます。どうぞお入りになってください。門扉《もんぴ》の内錠は簡単に外せますので」

「それでは、お邪魔します」

「はい、どうぞ」

スピーカーが沈黙した。

時任は門扉を押し開け、アプローチを進んだ。内庭の樹木は手入れが行き届いていた。敷地は七、八十坪だろうか。モダンな造りの二階家は奥まった場所に建てられている。

ほどなく時任は、洒落《しゃれ》たポーチに上がった。ほとんど同時に、玄関のドアが開けられた。応対に現われた伊吹香澄は品のある女性だった。目許《めもと》が娘の美寿々とよく似ている。

時任は警察手帳を見せ、改めて名乗った。香澄が来客を家の中に請《しょう》じ入れ、スリッパを揃《そろ》えた。

「何も供物《くもつ》を用意してきませんでしたが、お線香を上げさせてください」

「遺骨は奥の仏間に安置してあるんですよ。そちらにご案内しましょう」

「お願いします」

時任は靴を脱いで、香澄に従《つ》いていった。案内されたのは十畳の和室だった。

仏壇の下に白布の掛かった長方形のテーブルが据《す》えられ、骨箱と遺影が置かれていた。

透明な笑みをたたえた遺影は多くの花と供物に囲まれている。時任は遺影の前で正坐し、線香を立てた。遺影と骨箱を眺《なが》め、しばし合掌する。

「わざわざありがとうございました。どうぞこちらに」

香澄が座卓を手で示し、日本茶を淹《い》れる。時任は座蒲団《ざぶとん》を当て、漆《うるし》塗りの座卓に向かった。

「娘はたったの二十八年間しか、この世にいられませんでした。いろいろやりたいことがあったはずなのに。そう思うと、不憫《ふびん》で不憫で……」

「当分、お辛《つら》いでしょうね」

「え、ええ。四十九日の納骨までに犯人を逮捕していただけることを切《せつ》に願っています」

「ベストを尽くします。捜査本部は二階堂宗太、平松謙次、長友翔の三氏に疑惑の目を向けたのですが、結局、容疑者と特定できる者はいませんでした。いずれも心証はシロだったん」

「そのことは担当管理官の方から報告を受けました。門外漢《もんがいかん》が軽々しいことを言ってはいけないのですないのでしょうが、二階堂さんのことをもう一度よく調べてほしいですね」

「お母さんは、美寿々さんの元婚約者を最も疑われているようですね」

「ええ、いまも怪しいと思っています。二階堂さんは超一流大学を出て、大手製鉄会社で出世コースを歩いているようです。世間的な評価は高いんでしょうが、尊敬できる方じゃありません」

「女性にだらしなかったみたいですね」

「けじめがなさすぎます。あの男、いいえ、二階堂さんは美寿々と婚約していたのに、三人もの女性と親密な関係をつづけていたんですよ。誠実さがありません。娘が怒って婚約を破棄したのは当然でしょう？」

「ええ」

「彼は美寿々のことをかけがえのない女性と思って結婚する気になったのではなく、弁護士という娘の職業に魅力を感じてたんでしょうね。共働きをしてもらえば、経済的にゆとりのある生活ができると打算的な気持ちから美寿々を妻にするつもりだったんだと思うわ」

「そうなんですかね。娘さんは二階堂さんとはどのくらい交際してから、婚約されたのでしょう？」

「二年近くつき合ってから、結婚しようということになったの。大学時代の友人の紹介で二階堂さんと知り合ったんですよ。ルックスがいいので、美寿々は夢中になってしまったようです。娘はあまり恋愛経験がなかったの。結局、男性を見る目がなかったのでしょうね」

香澄が長嘆息《ちょうたんそく》した。

「美男美女のカップルだったのでしょうね」

「頭がよくてイケメンでも、女好きの男と一緒になったら、不幸のはじまりです。娘が女性関係の乱れを咎《とが》めたら、彼は結婚後は遊べなくなるからとうそぶいたそうです。それで美寿々はいっぺんに気持ちが冷めて、婚約破棄を申し入れたんですよ」

「先方はびっくりしたでしょうね」

「ええ、そうでしょう。二階堂さんは両親と一緒に詫びを入れにきました。ですけど、娘の気持ちは変わらなかったの。わたしたち父母も息子も同じでした」

「二階堂さんはとてもプライドが高い方みたいですね」

「そうなんですよ。婚約を破棄されたら、大恥をかくと何度も言っていました。娘の心を傷つけたことよりも、自分の体面が大事なんでしょうね。そんな身勝手なエゴイストは願い下げですよ。娘の判断は間違ってなかったと思っています」

「ええ、賢明な判断だったのでしょう。二階堂さんは美寿々さんに恥をかかされたことに腹を立て、殺人予告メールを送信したようですね」

「それは事実です。娘から、そのメールを見せられたんですよ。ただの厭《いや》がらせだろうと思ってましたが、後で彼がネット通販でコマンドナイフを購入してたことを知りました。それからネットの闇サイトで代理殺人を請け負ってくれる者を探していた事実も、警察の方に教えていただきました」

「そうですか」

「彼は本気で美寿々を殺す気だったんじゃないのかしら？　もしかしたら、二階堂宗太はアリバイ工作をして娘を絞殺《こうさつ》したのかもしれませんよ」

「そうなんだろうか」

「担当管理官のお話ですと、犯人と思われる人物の足跡は二十六センチだとか。彼、あの男は二十六センチの靴を履《は》いています。生前、娘は何度も実家《ここ》に二階堂さんを連れてきたんですよ。わたし、彼の靴を揃えたときにサイズが二十六センチだと知ったんです」

「靴の大きさが一致するからといって、それだけで二階堂さんを疑うのは……」

時任は控え目に反論した。

「そうなんですけど、彼は娘に殺人予告メールを送りつけたんですよ。刃物を購入したり、ネットの闇サイトを覗《のぞ》いていたことが傍証《ぼうしょう》になるのではありませんか？」

「確かに状況証拠では疑えますよね。しかし、本気で娘さんを殺害する計画を立ててたとしたら、不用意というか、無防備すぎるでしょう。コマンドナイフを買ったり、闇サイトで代理殺人を引き受けてくれる者を探していたりしたら、真っ先に怪しまれますのでね」

「そうなんですけど……」

香澄が口を閉じた。時任は緑茶を口に含んでから、被害者の母親に顔を向けた。

「かつて『中杉総合法律事務所』で調査の仕事をしていた平松謙次さんのことは、ご存じでしょうか？」

「元検察事務官だった方ね。その平松さんは、所属弁護士が頼んだ調査をきちんとやらなかったようですよ。二十代の女性弁護士の下で働くことにどうも抵抗があったみたいで、娘の頼みごとはほったらかしにしておくことが多かったらしいんです。美寿々は、仕事に手を抜くような人間が大嫌いでした」

「娘さんは、まっすぐな生き方をしてきたのでしょう」

「ええ、そうでしたね。相手が年上でも、はっきりと注意したようです。そのことを根に持たれたみたいで、美寿々は平松という元検察事務官に雇われた三人の若い男に拉致されそうになったんですよ」

「ええ、知っています。拉致に失敗した男たちは雇い主に美寿々さんを辱《はずかし》めてくれと頼まれていたことが取り調べで明らかになりました」

「そんなひどいことを企んでたんなら、平松という男も娘の死に絡んでいたとも考えられそうね」

「年下の女性に仕事のことで叱《しか》られたぐらいで殺意を懐《いだ》くものでしょうか」

「粘《ねば》っこい性格なら、そこまで逆上するかもしれませんよ」

「以前は検察事務官だったのですから、殺人罪や殺人教唆《きょうさ》罪の刑が重いことは知っているはずです」

「それは、そうでしょうね。でも、平松という方は娘が中杉所長に告げ口をしたんで解雇されたと思い込んでたようですから、分別《ふんべつ》を忘れて仕返しする気になったのかもしれませんよ」

「四十六歳の大人がそこまで逆上するものでしょうか」

「『中杉総合法律事務所』を追放されてからは、探偵社や個人弁護士の調査依頼を日給払いで細々と請け負っているそうですから、自暴自棄になったんじゃありませんか」

「そうなんですかね。娘さんに一目惚れしたスーパーの若い店員のことは聞いてました？」

「学芸大学《がくげいだいがく》駅のそばにあるスーパーで働いてる長友翔とかいう男のことね。美寿々は交際の申し込みを断ったとたん、しつこくつきまとわれはじめたことを迷惑がっていました。自宅マンションのドア・ポストにセクシーな下着を投げ込まれたときは、とても薄気味《うすきみ》悪がっていました。わたし、警察に相談したらと言ったのですけど、娘はもう少し様子を見てから対処すると……」

「長友は常習のストーカーなんだと思いますが、強く惹《ひ》かれた女性を殺すほどの度胸はないでしょう」

「ストーカーが一方的に好きになった女性に言い寄りつづけて、思い通りにならないと殺人に及んだ事件は幾つもありましたよ」

「ええ、そうでしたね。そうした殺人に及んだストーカーたちは、気に入った女性に四六時中まとわりついて、時には相手の部屋に忍び込んで衣類やランジェリーを盗み出しています。盗聴器や隠しカメラを仕掛けたりする場合もあります」

「そうみたいですね」

「長友はそこまでやってませんでしょ？　そうなら、相手も自分に気があるという妄想《もうそう》に取り憑《つ》かれてはいなかったと思われます」

「それだから、長友という若い男が美寿々に殺意を懐《いだ》くようなことは考えにくいとおっしゃるのね？」

香澄が言った。納得できなかったようだ。

「ええ、そうです」

「娘の部屋に忍び込んだことはないはずですけど、長友翔という男は美寿々と相思相愛の仲だと思い込んで、自分がつれなくされていると被害妄想に陥《おちい》っていたのかもしれませんよ。そうだったとしたら、殺人動機はあるのではないですか？」

「そこまで妄想《もうそう》に取り憑《つ》かれてたら、仕事なんか休んで娘さんにつきまとっていたでしょう」

「刑事さんは、長友という男はそれほど怪しくないと感じてらっしゃるのね？」

「二階堂さんや平松さんよりも疑わしくないと思っています。ただ、シロと断定するだけの確信もありませんが……」

「それなら、二階堂さんと平松さんの二人だけではなく、長友という男のことも調べ直してくれませんか？」

「いいでしょう。美寿々さんが事件前に、職場の人間関係で悩んでいる様子はうかがえませんでしたか？」

「そんな様子は見せませんでしたね」

「そうですか。弁護活動で何か心配事を抱えている気配は？」

「そういう気配はうかがえませんでした。友人と何かで揉《も》めてたという話も聞いてないわ」

「わかりました。再聞き込みにおつき合いいただきまして、ありがとうございます」

時任は暇《いとま》を告げて、すぐに立ち上がった。

和室を出て、そのまま玄関に向かう。

時任は被害者の母親に見送られ、伊吹宅を辞去《じきょ》した。

エルグランドの運転席に乗り込んだとき、上着のポケットの中で私物のスマートフォンが震動した。任務中は、いつもマナーモードにしてあった。

時任はスマートフォンを取り出した。

ディスプレイに目をやる。発信者は寺尾理沙だった。

「時任さん、品田のお父さんを誘って今夜あたり飲まない？　急ぎの原稿を書き上げたんで、一息入れたいのよ」

「せっかくの誘いだが、きょうは無理だな。きのう、特別任務の指令が下ったんだよ」

「そうなの。今回はどんな事件なのかな？」

「絶対に他言《たごん》するなよ」

時任は釘をさしてから、特命の内容を語りはじめた。

4

胃が重ったるい。

昼食に特大トンカツ定食を食べたせいだろう。時任は胃のあたりを摩《さす》ってから、エルグランドの運転席から出た。

午後一時半過ぎだった。伊吹弁護士の実家を出てからJR目黒駅の近くで昼食を摂《と》り、港《みなと》区虎《とら》ノ門《もん》四丁目にある『中杉総合法律事務所』で情報を得る気になったのだ。

時任は専用覆面パトカーを裏通りに駐《と》め、表通りまで歩いた。『中杉総合法律事務所』は高層貸ビルの十七階のワンフロアを借りているはずだ。

時任は貸ビルに足を踏み入れ、エレベーターで十七階に上がった。

ローファームのオフィスに入ると、ほぼ正面に受付があった。受付嬢は二十二、三歳で、来訪者をにこやかに迎えてくれた。時任は警視庁の刑事であることを明かし、中杉充利所長との面会を求めた。

受付嬢はすぐに内線電話の受話器を摑み上げた。通話時間は短かった。

「お目にかかれるとのことでした。所長室は事務フロアの奥にございます。ご案内いたしましょうか？」

「いや、わかると思います。ありがとう」

時任は受付嬢を犒《ねぎら》って、奥に向かった。

事務フロアは割に広い。弁護士、公認会計士、弁理士と思われる男女が忙しげに働いていた。通路側には、パーティションで仕切られたブースが三つあった。そこで、依頼人の相談を受けているのだろう。

所長室に達した。時任はドアをノックして、大声で名乗った。すぐに返事があった。

入室すると、中杉所長は両袖机と応接セットの間にたたずんでいた。五十六歳だが、髪はロマンスグレイだった。知的な顔立ちだ。学者に見えないこともない。

二人は自己紹介をし合うと、コーヒーテーブルを挟んで向かい合った。その直後、女性事務員が二人分の飲み物を運んできた。

「どうかお構いなく」

時任は恐縮した。女性事務員が下がる。

「蜂蜜《はちみつ》をお湯で溶いたものなんですよ。喉にいいんですが、お口に合うかどうか」

「遠慮なくいただきます」

「第一期で片がつかなくて、殺人犯捜査第七係の十二人が追加投入されたそうですね」

「ええ、そうなんですよ。所轄署の捜査員は第一期内に事件が落着しないと、自分の持ち場に戻ります。第二期以降は、本庁の刑事だけで捜査を続行するんです。弁護士さんは、そのことはご存じでしょうが……」

「ええ、知っています。捜査本部事件の諸経費は所轄署が負担することもね。できるだけ早く事件を解決させないと、本庁の面目が潰《つぶ》れることになる。それで、あなたは支援捜査に駆り出されたわけですね？」

中杉が確かめた。

「その通りです。これまでの捜査経過は頭に入っているのですが、幾つか確認させてほしいことがあるんですよ。それで、少しお時間を割《さ》いていただければと……」

「全面的に協力します。伊吹弁護士は若いながらも、優秀な愛弟子《まなでし》でした。わたしに捜査権があったら、この手で犯人を捕まえてやりたいね」

「所長は第一期の捜査線上に三人の人物が浮かんだことを知ってらっしゃいます？」

「明石《あかし》担当管理官から、そのことは聞きました。故人の元婚約者の二階堂宗太、ここで調査の仕事をしていた平松謙次、それからスーパー店員の長友翔の三人でしょう」

「そうです。被害者は生前、その三人について中杉さんに何か洩《も》らしていませんでしたか？」

「初動の聞き込みのときは話さなかったんだが、伊吹弁護士は婚約を破棄したことで相手の二階堂氏に恥をかかせることになった。それだから、何か仕返しをされるかもしれないと少し不安げでした」

「そうですか」

「しかし、怯《おび》えてはいませんでしたよ。婚約中の男性に裏切られたことにひどく憤《いきどお》っていましたので、何か報復されても泣き寝入りなんかしなかったでしょう。彼女は凛《りん》としていましたからね」

「中杉さんは、被害者が元婚約者から殺人予告メールを送りつけられてたことも知ってらっしゃいました？」

「そのことは本人からは聞いていませんでしたが、警察の方から教えてもらいました。故人に殺人予告メールを送信した二階堂宗太がネット通販でコマンドナイフを購入し、さらに闇サイトをちょくちょく覗いて殺人を請け負ってくれる人間を探していたと聞いて、びっくりしました。プライドが人一倍高い男なら、自分の浮気のことは棚に上げて伊吹さんに殺意を覚えるかもしれないと思いました。挙式の予定月もすでに決まってたんで、世間体が悪かったのでしょう」

「自分の身内、友人、同僚、上司、知人の多くは二階堂氏が美人弁護士と婚約したことは知っていたでしょうから、この世から消えてしまいたいほど恥ずかしい思いをしたにちがいありません」

「そうだろうね。二階堂宗太は事件当日のアリバイを用意して、誰かに伊吹さんを絞殺させた疑いは拭えないな」

「ええ、その疑惑はゼロではないでしょうね。しかし、自尊心は強くても婚約中に複数人の女性と親密なつき合いをしてた男です。神経はだいぶ図太いんでしょうね。神経の細い男なら大恥をかかされたら、会社も辞めて知らない土地に移り住む気になるんではありませんか。いただきます」

時任はカップから飲み物を啜《すす》った。蜂蜜湯は香りが高く、上品な甘味があった。

「あなたがおっしゃった通りなのかもしれないな。二階堂宗太はエリート意識が強いんだろうが、強《したた》かな男とも考えられますね。そうなら、伊吹さんを本気で殺す気はなかったのかもしれません。しかし、女性のほうから婚約を破棄されたのは癪《しゃく》だった。だから、殺人予告メールを送りつけて、かつてのフィアンセを戦《おのの》かせてやりたかったんだろうか」

「そう推測してるんですよ。しかし、どんな人間も邪悪な気持ちになることがあります。ですので、二階堂氏が捜査本部事件には関与していないと判断するのは早計《そうけい》でしょう」

「そうだろうね」

中杉が言って、カップを持ち上げた。

「捜査資料によると、こちらで調査の仕事を受け持っていた元検察事務官は被害者にルーズさをたびたび注意されていたようですね」

「実際、平松謙次にはちゃらんぽらんなところがありました。検事になるという夢を叶えられなかったので、投げ遣《や》りに生きてきたんでしょう。東京地検でもポカを重ねて居づらくなったんですよ」

「そんな人間をなぜ中杉さんは、このローファームの専属調査員として雇ったんです？」

「恩のある法曹界の先輩に頼まれたので、平松を雇わざるを得なかったんですよ。最初の一年ぐらいは所属弁護士が感心するほど仕事が早くて正確でした。しかし、だんだん手を抜くようになりましてね」

「どうしてルーズになったんでしょう？」

「平松よりも年上の弁護士は、たったの二人しかいないんですよ。ほかの十四人は五つも十歳も若い。自分よりずっと若い弁護士の下で働くことが面白くなかったんでしょう。伊吹弁護士はまだ二十代でしたからね」

「しかし、被害者は平松を扱《こ》き使ってたわけじゃなかったんでしょう？」

「彼女は謙虚でしたから、調査を頼むときは常に低姿勢でしたよ。常にです・ます口調で平松に接し、敬意を払ってました」

「それなのに、調査に手を抜いていたのは妬《ねた》みによる厭《いや》がらせだったんでしょうか」

「多分、そうなんでしょう。平松は大学時代から司法試験に六年間もチャレンジしましたが、合格できなかった。若くして弁護士になった伊吹さんが妬《ねた》ましかったんだと思います。だから、意地の悪いことをしつづけたんでしょう」

「陰険ですね。男らしくないな」

「ええ、わたしもそう思います。平松の無責任な仕事ぶりを伊吹さんがやんわりと何度か窘《たしな》めたことは事実です。それでも平松は改めようとしなかった。それで、故人が声を荒らげたこともありましたよ。ですが、頭ごなしに叱り飛ばしたりはしませんでした」

「それでも、はるか年下の女性に注意されたことで平松謙次は血を逆流させてしまったんでしょうか」

「そうなんでしょう。平松は伊吹弁護士がわたしに告げ口したから解雇されたと誤解したんだろうが、彼女は怠《なま》けてる調査員を辞めさせてほしいなんて言ってこなかった。別の所属弁護士数人が平松はまったく頼りにならないと訴えてきたんで……」

「やむなく解雇したんですね？」

「ええ、そうなんです。恩人の顔を潰《つぶ》すことになるので、わたしも悩みましたよ。ですが、このローファームのチームワークが乱れたら、困りますんでね。それだから、平松には割増退職金を払って辞めてもらったわけです」

「いまは探偵社や個人弁護士の依頼で調査の仕事を細々とつづけてるようですね？」

「噂で、そのことは知りました。平松の二人の息子はまだ中学生だから、経済的には苦しくなったでしょう。奥さんがパートの仕事をして家計を扶《たす》けてるみたいですよ」

「自業自得《じごうじとく》でしょうね」

「そう考えるようにしています」

「中杉所長も、平松が去年の十二月上旬に酒場で知り合った三人の若い男に伊吹美寿々さんを拉致させようとしたことはご存じですよね。拉致犯グループに美人弁護士を輪姦《マワ》させようとしたようですが……」

「平松がその三人を使って、伊吹弁護士をウィークリーマンションに軟禁する気でいたことは確かでしょうね。しかし、拉致は未遂に終わりました。警察の取り調べに対して、平松は伊吹さんにわたしに告げ口したことを謝らせたかっただけで、ずっと軟禁する気なんかなかったと供述しました。三人の男に伊吹さんを輪姦《りんかん》しろと命じたこともないと主張したようです。拉致に失敗した奴らが拉致に成功したら、伊吹さんを輪姦そうと相談してただけで、平松はそんな指示はしなかったようです。だから、平松と三人の若い男は書類送検で済んだわけでしょう?」

「任意で事情聴取されたとき、平松は元検事でベテラン弁護士の高取進《たかとりすすむ》さんとの接見を求めたようです。その六十一歳の高取弁護士は、あなたの大学の先輩で交友があるんですよね?」

「高取先輩にはいろいろお世話になりました。先輩は、東京地検時代に平松と接点があったんですよ。だから、平松は高取さんの名を出したんでしょうね」

「高取弁護士が裏から手を回して、平松と三人の拉致未遂犯を書類送検だけでチャンチャンにしてやったのではないかと勘繰《かんぐ》れないこともありませんが……」

「先輩は私情に引きずられて犯罪の事実を隠すような方ではありませんよ。警察と地検の判断に不純なものはないはずです」

「妙なことを言いだして、申し訳ありません」

時任は謝罪した。

「別に感情を害してなんかいません。刑事さん方は、なんでも疑ってみることが仕事ですからね。平松謙次は故人を妬んでたにちがいありませんが、それだけの理由で第三者に伊吹さんを葬らせるとは考えにくいと思います」

「ま、そうでしょうね。ストーカーじみたことをしたスーパーの店員はどうでしょう? 知り合いに伊吹さんを殺《や》らせた疑いはないと思われます？」

「マークされた三人の中では、最も怪しくないんじゃないのかな。長友という男が伊吹さんと恋仲だった時期があったとすれば、よりを戻してくれと執拗《しつよう》につきまとったとも考えられるが……」

「ええ、そうですね」

「一方的に故人に熱を上げて交際を申し込んでも相手にしてもらえなかったことで逆恨みしていたなら、これまでに何人もの女性を始末してるでしょう。自分で直《じか》に手を汚さなかったとしてもね」

「そうかもしれないな」

「長友翔はまだ二十五のはずです。捜査本部がシロと判断したことに別に問題はないと思いますよ」

「捜査に甘さがなかったとしたら、支援捜査はゼロからのスタートになります。ローファームの中で被害者が気を許していた同僚は、どなたでしょう？」

「四つ年上の天童諒《てんどうりょう》という若手弁護士とは共通の話題があるみたいで、故人と仲がよかったですよ。といっても、色恋絡みのつき合いじゃありません。天童は早くに結婚したんで、もう一児のパパなんです」

「その方の名は、事件調書に載ってませんでしたね」

「天童は正月明けから二月末まで、アメリカのニューヨークに長期出張してました。現地の日系企業とアメリカの企業が意匠《いしょう》商標《しょうひょう》を巡る裁判の係争中だったんです。で、弁理士と一緒に渡米してたんですよ」

「そういうことでしたか。いま天童さんは、事務所にいらっしゃいます？」

「おります。彼を呼びましょう」

中杉が総革張りの象牙《ぞうげ》色のソファから立ち上がり、奥の執務机に歩み寄った。立ったまま、内線電話をかける。遣《や》り取《と》りは三十秒に満たなかった。

「すぐに天童は参ります」

中杉がそう言い、時任の斜め前のソファに座った。

それから間もなく、所長室に天童という若手弁護士が入ってきた。童顔で、角度によっては二十四、五歳にしか見えない。

時任は腰を上げ、頭を下げた。童顔が緊張した顔つきで、自己紹介する。

「天童君、ここに座りなさい」

中杉所長が、少し前まで自分が腰かけていたソファを掌《てのひら》で軽く叩いた。天童が時任の真ん前のソファに腰を沈める。

「捜査が難航してるようですね」

「そうなんですよ。それで、再聞き込みをさせてもらっているんです。きみは正月明けから二月末までアメリカに出張してたんで、捜査員に協力を求められたことはなかったそうだね」

「ええ。ですが、所長や先輩弁護士たちから伊吹の事件に関する情報を集めてたんですよ。だから、彼女の元婚約者、調査員の平松さん、長友とかいうストーカーの三人が捜査本部に怪しまれているという話は聞いていました」

「そう。その三人について伊吹さんがきみに何か話したことはないかな？」

　時任は質問した。

「二階堂という婚約者には、だいぶ憎まれていると言ってました。彼女、相手が四股《よつまた》を掛けてたことを知って婚約を解消しましたんでね。相手が信用できなくなったんですから、婚約を破棄する気になるのは当たり前でしょ？」

「そうだね」

「自分が破棄の原因を作ったくせに、伊吹を恨むなんて筋が違います。彼女にプライドを踏みにじられたとかで逆上して、ネット通販でコマンドナイフを購入したらしいけど、まるで中学生ですよね。一流会社のエリート社員だそうですけど、考えが稚《おさな》すぎます」

「こっちも、そう思うよ」

「コマンドナイフで伊吹を刺し殺す気でいたんでしょうが、自分の手を汚したら、そこで一巻の終わりだと考え直したんでしょうね。だから、ネットの闇サイトで殺人を代行してくれる人間を探しはじめたんだろうな。でも、代理殺人を請け負ってくれる者は見つからなかったんでしょう。何か仕返しをしないと気が済まないので、二階堂は伊吹に殺人予告メールを送りつけたんでしょう」

「だろうね。伊吹さんは別にビビってはいなかったようなんだ」

「ええ、そうでしょうね。婚約を解消してから厭がらせの電話がしょっちゅうかかってきたみたいですけど、伊吹は恐怖は感じてなかったようですよ。呆《あき》れてはいましたけど、彼女、怯《おび》えてはいませんでした。元婚約者は妙にプライドが高いみたいですが、根は気がちっちゃい奴なんでしょう」

「本気で殺人計画を練って誰かに伊吹美寿々さんを殺《や》らせるほど肝《きも》は据《す》わってない。きみは、そう見てるんだね？」

「ええ。このローファームから追放された平松さんは執念深い性質《たち》だから、第三者に伊吹を片づけさせた疑いはありそうですね。平松さんは若くして運に恵まれた人たちをすごく嫌ってたんです。美貌と知力に恵まれた伊吹を目の仇《かたき》にしていました。三人の中では、平松さんが最も疑わしいな。伊吹は羨望《せんぼう》の的《まと》でしたから、存在すること自体が疎《うと》ましかったんだと思います」

「そう考えてもいいんだろうな」

「でも、伊吹が目障《めざわ》りだからといって、自分の手を汚したりはしないでしょう。平松さんが事件に関与してたとしても、実行犯ではないと思います。事件当日、アリバイを作っておいて誰か謎の人物に伊吹を殺害させたのかもしれませんよ」

「被害者がストーカーっぽい長友というスーパー店員に何かされるかもしれないと不安がったりはしてなかったかな？」

「そういう気配は感じ取れませんでしたね。伊吹は去年の初夏、生活騒音を巡って一年前から裁判になっていた案件で原告側の弁護を担当したんですが、勝訴できなかったんですよ。原告の七十九歳の独居男性は隣家のテレビの音声が大きくて安眠を妨《さまたげ》られてノイローゼになったと訴えてきたんですが、隣家に大量のゴミを投げ入れたり、野良猫の生首を放り込んでた姿が防犯カメラに捉《とら》えられてたんです」

「そんなことをしてたんじゃ、裁判に勝てなくても仕方ないな」

「ええ。だけど、弁護を依頼してきた老人は伊吹が無能なせいで敗訴したと怒り狂って弁護費用の支払いを拒否した上に迷惑料として逆に五百万円払えと捩《ね》じ込んできたんですよ」

「めちゃくちゃな依頼人だな」

「伊吹が相手にしなかったら、その老人は彼女の自宅マンションの集合郵便受けに小動物の死骸を次々に入れるようになりました」

「まともな爺《じい》さんじゃないな」

「伊吹はさすがに黙っていられなくなって、中杉先生と一緒に依頼人宅に強く抗議しに行ったんですよ。先生、そうでしたよね？」

天童が中杉に顔を向けた。

「そうだったね。相手の老人は興奮して大声で喚《わめ》き、奥から日本刀を取り出してきて、伊吹弁護士に斬りかかろうとしたんですよ。わたしは一喝《いっかつ》して、すぐ一一〇番通報しました」

「駆けつけた制服警官が日本刀を取り上げ、銃刀法違反で緊急逮捕したんですね？」

「そうです、そうです。相手は書類送検されただけなんですが、伊吹を逆恨みして今度は自宅マンションの近くで待ち伏せし、彼女に洋弓銃《ボウガン》の矢を向けたんですよ」

「故人は逃げて怪我はなかったんでしょ？」

「ええ。それから半月ほど経《た》ったころ、次に刺身庖丁《さしみぼうちょう》を伊吹弁護士に突きつけ、『宮下造園』の植林畑に連れ込もうとしたらしいんです」

「殺人事件現場に連れ込もうとしたんですか、その老人は」

「そうなんですよ」

「中杉さん、その老人の名前と現住所を教えてください」

「矢口孝雄《やぐちたかお》という名で、江東《こうとう》区豊洲《とよす》三丁目十×番地だったと思います。矢口老人が伊吹さんを殺害するのは体力的に無理な気がしますがね」

「足腰が弱って、よぼよぼと歩いてるんですか？」

「いいえ、さっさと歩いてますよ」

「なら、犯行は可能でしょう。その矢口という老人にちょっと探りを入れてみます。ご協力、ありがとうございました」

時任は謝意を表し、所長室を出た。

第二章　アリバイ工作の背景

1

新旧が入り交《まじ》っている。

昭和の名残《なごり》を色濃く留《とど》めた家並《やなみ》の背後には、タワーマンションがそびえていた。オフィスビルや倉庫ビルもある。江東区豊洲だ。

エルグランドは豊洲三丁目を走行中だった。

時任は減速し、古びた家々の表札に目をやりはじめた。百数十メートル先に矢口孝雄の自宅があった。

モルタル造りの平屋だった。敷地は四十五坪前後だろう。間取りは３ＤＫほどか。

手前の隣家のブロック塀《べい》には、売家の貼り紙が見える。生活騒音を巡って矢口と争っていた一家はどこかに引っ越したようだ。

時任は、車を売りに出されている戸建住宅の前の路上に駐めた。色の濃いサングラスをかけてから、運転席を出る。強請屋《ゆすりや》を装って、矢口孝雄を揺さぶる段取りだった。

矢口宅の内庭から気合が響いてきた。

時任は低い垣根《かきね》の向こうを見た。眼光の鋭い七十代後半の男が木刀の素振りをしている。矢口孝雄だろう。

「元気だね」

時任は男に声をかけた。

「誰なんでえ」

「名乗るほどじゃないんで、自己紹介は省《はぶ》かせてもらう。あんた、矢口孝雄さんだよな？」

「そうだが、名乗らねえなんて無礼だぞっ」

矢口が気色《けしき》ばんだ。時任は笑いでごまかし、勝手に矢口宅の敷地に足を踏み入れた。

「あんたの厭《いや》がらせがひどいんで、隣家の一家は引っ越したようだね」

「いなくなって、せいせいしてらあ。隣の夫婦はいつもばかでかい音でテレビやラジオを点《つ》けっ放しにしてやがったんで、おれは迷惑してたんだ。夜もよく寝られなかったんだよ」

「だからって、隣の家にゴミや猫の生首を投げ込むのはやり過ぎだろうが。そんなことをしてたんじゃ、裁判に負けても仕方ないな。別に弁護士の伊吹美寿々が無能ってわけじゃない」

「てめえ、何者なんでえ。あ、あやつけに来たんだったら、こいつで叩き殺すぞ」

矢口が木刀を斜め中段に構え、間合いを詰めてきた。殺気立っている。

「若いころは暴れん坊だったみたいだな」

「そうよ。おれは四十代の後半まで堅気《かたぎ》じゃなかったんだ。若造、なめんじゃねえ」

「かつては筋者《すじもの》だったのか。それじゃ、刺青《スミ》入れてるんだろうな」

「背中に昇《のぼ》り龍《りゅう》をしょってらあ。はったりじゃねえぞ。なんなら、見せてやらあ」

「老いぼれの肌絵なんか見たくもない」

時任は冷笑した。

矢口が険《けわ》しい表情になった。前に踏み込んできて、木刀を振り下ろす。時任は半歩退《さ》がった。切っ先は二十センチ近く離れていた。

木刀が引き戻される。

すぐ矢口が木刀を水平に泳がせた。刃風《はかぜ》は重かった。時任は一歩後退し、なんなく躱《かわ》した。

矢口が舌打ちして、今度は木刀を上段に構えた。

「剣道を少し齧《かじ》ったんだろうが、有段者じゃないな」

「うるせえや！　何しに来やがったんだっ」

「おれは強請をやって気ままに暮らしてるんだ」

「裁判で勝てなかったんで、おれは隣の夫婦に厭《いや》がらせはしなくなったんだ。自分らで娘夫婦の家に転居して、自宅を売りに出したんだよ。おれが夫婦を追い出したわけじゃねえや」

「そのことはどうでもいいんだ。こっちは、あんたの致命的な弱みを押さえたんだよ」

「フカシこきやがって！　致命的な弱みだと⁉　どんな弱みか言ってみろっ」

「あんたは隣家を相手取って、訴訟を起こした。『中杉総合法律事務所』に所属してた伊吹美寿々が弁護を受け持ったが、敗訴してしまった」

「女弁護士が被告側の言い分を認めたりしやがったから、裁判に負けちまったんだよ。あの女弁護士は使えなかった」

「敗訴に納得できなかったんで、あんたは弁護費用を払おうとしなかった。それどころか、五百万円の詫び料を要求したよな？」

「当然だろうがよ。けど、おれは銭なんか脅し取ってねえぞ。女弁護士は中杉って所長と乗り込んで来やがったんだ。だから、渋々だけど、弁護費用は払ってやったよ。それで文句ねえだろうが。あん？」

「凄み方、まるでチンピラだな。そんな調子じゃ、ヤー公時代に貫目《かんめ》が上がらなかったはずだ。だから、あんたは足を洗ったんじゃないのか」

時任はからかった。

「病床でおふくろが涙を流して、自分が生きてるうちに堅気になってくれと両手を合わせたんで、おれは組を脱《ぬ》けたんだよ」

「マザコンだったのか」

「そんなんじゃねえや。けど、おふくろは女手ひとつでおれと妹を育ててくれた。若い時分から親不孝を重ねてきたんで、死期の近い母親を安心させたかったわけよ。それだけでえ。堅気《ネス》になってからは、ずっと正業《せいぎょう》に就《つ》いてきたんだ」

「そいつは立派だな。しかし、弁護費用を払う羽目になったからって、伊吹美寿々に八つ当たりするのはよくない。あんたは女弁護士にいろんな厭がらせをして、洋弓銃《ボウガン》で殺《や》ろうとした。美寿々を自宅マンションの近くにある造園業者の植林畑に引きずり込んで殺害しようとしたよな？　こっちは証拠を握ってるんだ」

「はったりかますんじゃねえ」

「ブラフじゃない。そのときは目的を果たせなかった。で、二月四日の夜、あんたは『碑文谷グランドール』の近くで待ち伏せして女弁護士を『宮下造園』の植林畑に連れ込んで、革紐で絞め殺したんだろっ」

「鎌《かま》をかけてんだろうが、まったく身に覚えがねえな」

「とぼけんなって。警察にあんたを売っても、銭にならない。口止め料を二千万出してくれりゃ、高飛びもさせてやるよ。モンゴル経由で中国に潜り込めば、安泰に暮らせる。貯《たくわ》えがなかったら、自宅を叩き売りゃいい。この家は親から相続したんだろう？」

「おい、これ以上おれを怒らせたら、てめえの頭をぶっ叩くぞ。若造、とっとと帰りやがれ！」

「こっちの要求を呑む気がないなら、あんたを警察に引き渡すことになる。とうの昔に足を洗ったといっても、根は無法者なんだ。ちょっと叩けば、いくらでも埃《ほこり》が出るだろう」

「てめえ、もう勘弁できねえ」

矢口が大上段に振り被《かぶ》った木刀を握り直した。

時任は二歩ほど前に出た。誘いだった。案《あん》の定《じょう》、矢口は木刀を垂直に振り下ろした。時任は横に跳《と》んだ。

木刀が地べたを叩く。

土塊《つちくれ》が跳《は》ねた。矢口が口の中で呻《うめ》く。両手首に痺《しび》れが走ったのだろう。体のバランスを崩しかけていた。

時任は矢口の腰を強く蹴った。その弾《はず》みで、手から木刀が落ちた。横倒しに転がった矢口が木刀に右腕を伸ばす。

時任は先に木刀を摑み上げ、切っ先を矢口の背に突き立てた。高齢者を何回も蹴ったら、死なせてしまうかもしれない。

「二月四日の夜、あんたは女弁護士を自宅マンションの近くで待ち伏せしたよなっ。あんたの姿が民家の防犯カメラに鮮明に映ってたんだ。おれは、その画像も手に入れたんだよ」

「おれは娘っ子弁護士なんか殺《や》っちゃいねえ。一度は殺してやろうと思ったが、おれは事件には絡んでねえって」

「まだシラを切る気か」

「しらばっくれてるわけじゃねえや」

矢口が声を張った。

時任は、ほぼ垂直に突き立てた木刀の先をさらに深く沈めた。矢口が顔を歪《ゆが》めて、痛みを訴える。

「いま切っ先が当たってるのは筋肉だ。罪を素直に認めないと、背骨を砕《くだ》くぞ」

「女弁護士が殺された晩、おれは東京にいなかった」

「つまり、アリバイがあるってことか」

「そうだよ。二月四日の夜は、おれ、長野県の松本市《まつもと》にいた。母方の従弟《いとこ》が死んだんで、その通夜《つや》に参列したんだよ。その翌日の告別式にも出てるから、おれが殺人事件の犯人じゃないことは間違いねえって」

「その従弟の名は？」

「原敬一郎《はらけいいちろう》、享年《きょうねん》七十五だった。心筋梗塞《こうそく》で呆気《あっけ》なく死んじまった。健康オタクで煙草《たばこ》は三十になる前に喫わなくなったんだがな」

「亡くなった従弟の遺族の連絡先を教えてもらおうか」

時任は言った。

矢口が質問に素直に答えた。従弟の家族は松本市内に住んでいるようだ。矢口は固定電話のナンバーまで教えてくれた。

時任は電話番号をメモすると、矢口の足を見た。中背だが、足は小さかった。二十五センチもなさそうだ。

時任はハンカチで木刀の柄を拭《ぬぐ》ってから、庭の植え込みの中に投げ込んだ。ハンカチをポケットに仕舞《しま》ったとき、矢口が仰向《あおむ》けになった。

「おめえ、本当は刑事《デカ》じゃねえのか？」

「民間人に蹴りを入れる私服警官なんかいないだろうが？」

「ま、そうだろうけどな」

「おれは強請屋だよ。あんたのアリバイがなかったら、また来るぞ」

時任は言い捨て、矢口宅の外に出た。

エルグランドに乗り込み、数百メートル走らせる。時任は専用捜査車輛をガードレールに寄せ、矢口の従弟宅に電話をかけた。スリーコールで電話は繋《つな》がった。

時任は、電話口に出た年配の女性に矢口の話の真偽《しんぎ》を確かめた。死んだ従弟の妻が矢口と口裏を合わせた疑いはなかった。矢口孝雄はシロと断定してもいいだろう。

回り道をしてしまったが、捜査は無駄の積み重ねだ。いちいち悔んでも仕方がない。

時任は気を取り直して、捜査資料のファイルを後部座席から摑み上げた。二階堂宗太が婚約中に浮気をしていた三人の独身女性の個人情報を確認しておく。

二階堂が最も多くホテルで熱い時間を共有したのは、桜庭葉月《さくらばはづき》という二十六歳の女性だ。葉月は二階堂が勤務している『全日本製鉄《ぜんにっぽんせいてつ》』東京本社の受付嬢を二年前まで勤め、いまはパーティー・コンパニオンとして働いているらしい。自宅マンションは港区三田《みた》にある。

次に二階堂が密会していた相手は、元キャビンアテンダントの須賀亜由《すがあゆ》だ。三十歳で、友人と女性専用の人材派遣会社を共同経営している。オフィスはＪＲ原宿《はらじゅく》駅の近くにあると記《しる》されていた。

浜中七海《はまなかななみ》はミッション系女子大の大学院生で、二十四歳だ。二階堂とは一年数カ月前に世《せ》田谷《たがや》区用賀《ようが》の乗馬クラブで知り合い、口説《くど》かれたらしい。七海の自宅は世田谷区成城《せいじょう》にあるはずだ。

捜査本部のメンバーは第一期に入って間もなく、二階堂と親しくしていた三人の女性に会っている。最初の聞き込みで喋らなかった事柄がないとは限らない。再聞き込みをすべきだろう。

時任はエルグランドを発進させ、桜庭葉月の自宅マンションに向かった。この時刻なら、多分まだ三田の自宅にいるのではないか。運よく道路はそれほど渋滞していなかった。

目的のワンルームマンションを探し当てたのは、およそ三十分後だった。

葉月が借りている二〇五号室は二階の奥の角部屋だ。インターフォンを鳴らすと、じきに葉月が姿を見せた。化粧は済ませていたが、灰色のスウェットの上下姿だった。

時任は警察手帳を短く見せ、三和土《たたき》に身を滑り込ませた。葉月が何か言いかけて口を閉じた。

「きみが二階堂宗太さんと親しくしてたってことはわかってるんだ」

「彼、まだ疑われてるんですか⁉　一方的に婚約を破棄されたので、二階堂さんは死にたくなるほど恥をかかされたと怒っていました。ネット通販でコマンドナイフを購入したって話は彼自身から聞きましたけど、本気で結婚することになっていた美人弁護士さんを殺す気なんかなかったんじゃないかと思いますよ。届けられたナイフで背当てクッションを何度も刺してるうちに、相手に対する憎しみや恨みはだんだん薄れたと言っていましたので」

「伊吹美寿々さんを本気で殺す気がなかった人間がネットの闇サイトをちょくちょく覗くだろうか」

「わたし、その件は捜査本部の方に教えられるまで知らなかったんですよ。そのとき、刑事さんは二階堂さんが自分の代わりに女性弁護士を殺してくれる人間を探していたにちがいないと言ってたんですけど、そうなのでしょうか。単に闇サイトに書き込まれてる内容を知りたくなっただけなんじゃないのかな」

「そのことを、後日、二階堂宗太に訊いてみた？」

「彼のことを呼び捨てにしちゃ、ちょっとまずいでしょ？　犯罪者扱いですからね」

「惚れた男を庇《かば》いたいんだろうが、れっきとした犯罪者だよ。二階堂は刃渡り十六センチのコマンドナイフを何日か持ち歩いてたんで、銃刀法に触れた。書類送検されてるんだから、真っ当な市民だと胸は張れないな」

時任は言った。

「ずいぶん厳しい見方ですね。二階堂さんは大企業のエリート社員なんですよ。そのへんの犯罪者と同じようにしたら、かわいそうだわ」

「法を破ったら、そいつは犯罪者だよ。それはそれとして、きみは二階堂にフィアンセがいると知りながら、彼と恋愛してたのか？」

「ええ、そうですよ。わたし、結婚願望はないんです。だから、素敵な男性たちと恋愛しつづけたいと考えてるの。相手に彼女、婚約者、奥さんがいても別にいいんですよ」

「ずいぶん身勝手な言い分だな」

「やだ、なんだか青臭いことを言ってる。そもそも恋愛って排他的なものでしょう。好きな男性がフリーじゃなくても、のめり込んじゃいますよ。二階堂さんはイケメンだし、ベッドでも女を悦《よろこ》ばせてくれるの。先月、殺された女弁護士さんは嫉妬《しっと》深かったんじゃありませんか。魅力のある男性《ひと》は独占しようとしちゃ駄目ですよ。みんなで共有するぐらいのおおらかさがないと……」

葉月が得々と説いた。

「新しがってるつもりだろうが、そっちの恋愛観は歪《いびつ》だな。偏《かたよ》ってる」

「そうですかね。わたし、二階堂さんがわたし以外の複数の女性とデートしてるとわかっても特にジェラシーは感じなかったわ。むしろ、自分には男を見る目があると誇らしい気持ちになりました」

「もっと自分を大切にしたほうがいいな」

「余計なお世話だわ。そろそろ外出の仕度があるので……」

「引き揚げるよ」

時任は苦笑して、二〇五号室を出た。三階建ての低層マンションにはエレベーターは設置されていなかった。

時任は階段を降りて、エルグランドの運転席に乗り込んだ。JR原宿駅をめざす。

須賀亜由が友人と共同経営している女性専用人材派遣会社のオフィスは、表参道《おもてさんどう》に面した雑居ビルの三階にあった。

元キャビンアテンダントの亜由は、すらりとした美人だった。細身だが、大人の色香を漂わせている。

時任は応接コーナーに導かれた。事務フロアはよく見えなかったが、十人前後の女性社員が働いているようだ。共同経営者は登録企業回りをしているという話だった。

時任はソファに座り、亜由と向かい合った。

「二階堂さんは婚約を破棄されて男のプライドがずたずただよとかぼやいてたけど、婚約者を深く愛してたとは思えないわ」

「なぜ、そう思ったんです？」

「婚約破棄されても、彼、いろんな女性とデートしてたんですよ。わたしもその相手のひとりだったんですけど、ショックを受けてるようには見えませんでした。美人弁護士と結婚したら、いろんな面でメリットがあると算盤《そろばん》を弾《はじ》いてたんでしょうね」

「そうだったとしたら、婚約を一方的に解消されて恥をかかされたとしても元フィアンセを殺す気にはならないだろうな」

「ええ、そう思います。捜査本部の人たちは二階堂さんが予《あらかじ》めアリバイ工作をして伊吹美寿々さんを自分の手で殺害したか、第三者に始末させたと疑ってたみたいですけど、二月四日の事件には関与してませんよ」

「確信ありげだね」

「彼、事件当夜は高校時代の友人たち三人と八時過ぎから翌午前二時近くまで新宿で飲んでたと事情聴取のときに答えたんでしょ？」

「ええ、そうですね。捜査本部の連中は連れの友人と立ち寄った飲食店側から裏付けを取ったんで、捜査対象リストから外されたんですよ。しかし、アリバイを偽装したかもしれないんで、再聞き込みをさせてもらうことにしたんです。連れの友人や飲み屋の従業員に口裏を合わせてもらったとも考えられますのでね。須賀さん、何か隠してることがあったら、教えてくれませんか。殺害されたのはあなたの恋敵《こいがたき》ってことになるんだろうが、わずか二十八歳の女性が理不尽な死に方をしたんです」

「美人弁護士さんも気の毒だけど、また疑われた二階堂さんもかわいそうよね。いいわ、喋っちゃいます。事件のあった晩、彼は高校時代の友達三人と会ったことは確かだと思いますよ。でも、一軒目の居酒屋に九時ごろまでいて、先に店を出たはず」

「本当ですか？」

「ええ。彼は居酒屋を出た直後、わたしに電話してきたんですよ。急にわたしとベッドを共にしたくなったから、ホテルで落ち合おうと誘われたの。でもね、あいにく予定よりも早く生理になっちゃったんで、行かれないと断ったんです」

「それで、別の女性を誘ったんだろうか」

「いいえ、違うんです。具体的なことは教えてくれませんでしたが、歌舞伎町《かぶきちょう》にある違法カジノでルーレットをやると言っていました。そこを仕切ってるのは広域暴力団なんだと思います。二階堂さんは本当のことを言ったら、まずいことになると考えたので……」

「アリバイを偽装して、ごまかそうとしたんだろうか」

「女弁護士さんの死亡推定時刻は何時から何時でしたっけ？」

亜由が訊いた。

「午後十時から翌午前零時の間です」

「その時間帯は、まだ二階堂さんは違法カジノにいたんじゃないのかな。そのことが立証されれば、殺人か殺人教唆《きょうさ》の容疑は完全に消えるんでしょう？」

「そうだね」

「彼は殺人事件にはどんな形でもタッチしていないと思います。刑事さん、わたしのことは伏せて二階堂さんに対する嫌疑を取り除いてやってください。お願いします」

「わかりました。役に立つ情報をいただけたことに感謝します」

時任はソファから立ち上がって、亜由の会社を辞去《じきよ》した。

浜中七海に急いで会う必要はないだろう。時任は車に乗り込むと、寺尾理沙のスマートフォンを鳴らした。あいにく話し中だった。

いったん電話を切ると、品田博之からコールがあった。すぐに電話に出る。

「係長《ハンチヨウ》、また密行捜査の指令があったんだってね。美人犯罪ジャーナリストから昼過ぎに電話があって、そのことを教えてもらったんだよ」

「そうですか」

「おれたち二人は、いつでも協力する」

「いまのところ、自分で何とかなりそうなんですよ。ですが、いずれ手を借りることになるでしょう。おやっさん、待機しててくださいね」

「了解！　出番を待ってる」

品田が弾んだ声で言って、通話を切り上げた。

時任は、ふたたび理沙に電話をかけた。今度は繋がった。

「裏のネットワークを使って、『全日本製鉄』の二階堂宗太が二月四日の夜、歌舞伎町のどの違法カジノにいたか調べてもらいたいんだ。事件当夜、二階堂はアリバイを偽装してたようなんだよ」

「どういうことなの？」

理沙が早口で問い返してきた。時任は、亜由から聞いた話をつぶさに伝えた。

「二階堂が事件当夜、ずっと違法カジノにいたんだったら、自分の手では女性弁護士を絞殺してないことになるわね。第三者に代理殺人を依頼した疑いはあるけど」

「そうだな。どの違法カジノにも二階堂が顔を出していなかったら、『全日本製鉄』のエリート社員が元フィアンセを自分の手で葬った疑いが出てくる。歌舞伎町からタクシーを利用すれば、四十分以内には事件現場に着くだろう」

「ええ、時間的には犯行は可能よね。伯父の剣持勇に協力してもらって、すぐに動きはじめるわ」

理沙が電話を切った。

時任は私物のスマートフォンを懐《ふところ》に収め、エルグランドを走らせはじめた。向かったのは、成城にある浜中七海の自宅だった。

2

夕闇が一段と濃くなった。

時任は、浜中七海の自宅のそばに駐《と》めたエルグランドの中にいた。間もなく六時になる。お手伝いの女性の話によると、七海はまだ乗馬クラブから戻っていないという。

浜中宅は、一際《ひときわ》目立つ豪邸だった。七海の父方の祖父は、計器メーカーの創業者の長男だ。いまは会長職に退《しりぞ》き、社長の席を七海の父親に譲っている。要するに、七海は有名企業の社長令嬢というわけだ。

まったく世間擦《ず》れしていないのだろう。だから、乗馬クラブで知り合った二階堂に甘いことを言われ、まんまと口説かれてしまったにちがいない。

二階堂が交際相手を利用してビッグになりたいと考えていたとすれば、美寿々と結婚するよりも七海を妻にしたほうが野望は叶《かな》うのではないか。

時任は、ふと思った。二階堂は三股、四股を掛けていたことを美人弁護士に知られて婚約を破棄されてしまったが、実はそれ以前にフィアンセと別れたいと密《ひそ》かに考えていたのではないか。そうだったとしたら、逆恨みが殺害動機だったのではないのだろう。

時任はそこまで推測し、すぐに自分の矛盾に気づいた。美寿々に婚約の解消を申し入れられて恥をかかされたことは間違いないだろうが、浜中七海を妻に迎えるチャンスが訪れたわけだ。打算だけなら、わざわざ美寿々を葬る必要はない。

二階堂が美寿々の死を望んでいたとしたら、やはり婚約を破棄されたことで逆恨みしたのだろう。功を急ぐと、物事を論理的に判断できなくなる。

時任は自分を戒《いまし》め、後部座席から青いファイルを摑み上げた。

捜査資料には事件当夜、二階堂が飲食を共にした三人の高校時代の友人名と連絡先が明記されていた。居酒屋やバーの店名も付記してあった。

時間は有効に使いたい。ぼんやりと浜中七海の帰りを待っていては能率的ではないだろう。

時任は刑事用携帯電話《ポリスモード》を用《もち》いて二階堂の三人の友人に次々に電話をかけ、アリバイの真偽を探ってみた。

三人の証言は、二階堂の供述と少しも違《たが》わなかった。ただ、少し気になることがあった。高校時代の友人のひとりがわずかに狼狽《ろうばい》したように感じ取れたのだ。

二階堂たち四人が落ち合った個室居酒屋の店長の受け答えは、ごく自然だった。一軒目の飲み屋に二階堂がいたことは確かだろう。

だが、四人が二軒目に入ったバーのマスターは質問に即答できなかった。一拍置いてから、二階堂を含めた四人が自分の店に飲みに来たと早口で喋った。マスターは客に頼まれて口裏を合わせた疑いがある。そう感じたのは、刑事の勘だった。

「後で歌舞伎町の『パラダイス』というバーに行ってみるか」

時任は声に出して呟《つぶや》き、セブンスターに火を点《つ》けた。二口《ふたくち》ほど喫ったとき、上着の内ポケットの中で刑事用携帯電話《ポリスモード》が鳴った。

時任は手早くポリスモードを取り出し、ディスプレイを見た。電話をかけてきたのは捜査一課長の笠原警視正だった。

「今回は西麻布のダイニングバーに顔を出せなくて悪かったね。どうしても外せない用事があったんだ」

「お気になさらないでください」

「桐山理事官から支援捜査になった経緯は聞いている。まだ初日なんだから、あまり焦《あせ》らないようにな」

「はい」

「できれば被害者の納骨までには、加害者を割り出してもらいたいね。それは可能だろうか」

「これまでの隠れ捜査は二週間前後で落着させてきましたので、ぎりぎり間に合うと思います」

「期待しているよ。捜査本部が一期でマークした三人はシロだと思うんだが、誰かがアリバイ工作をしていたのかもしれない。二階堂、平松、長友の三人をとことん洗ってみてくれないか」

「そうします。何か新しい手がかりを摑んだら、必ず理事官に報告します」

「ああ、そうしてほしいな」

「わかりました」

時任は電話を切った。

ポリスモードを懐に戻したとき、若い女性が浜中邸の前で立ち止まった。七海だった。

時任はエルグランドから急いで降り、七海に走り寄った。

「警視庁の者です。二月四日の夜に殺害された伊吹美寿々さんの事件を支援捜査してる時任です。あなたは浜中七海さんですよね？」

「は、はい。もう二階堂さんに対する嫌疑は晴れたはずですけど」

「捜査が進展しないんで、振り出しに戻って調べ直すことになったんですよ」

「そうなんですか」

「家の真ん前で話し込んでると、何かと都合が悪いでしょ。捜査車輛の中で話を聞かせてくれないか。いいでしょう？」

「はい」

七海が大きくうなずいた。

時任は七海をエルグランドの後部座席に腰かけさせ、その横に座った。

「二階堂宗太さんとは用賀の乗馬クラブで知り合ったんだね？」

「はい、そうです。わたし、小学生のときから乗馬を習ってきたんですよ。インストラクターが忙しいときは、わたしが新人クラブ員のお世話をさせてもらってるんです」

「二階堂さんにいろいろ教えてるうちに恋愛感情が芽生《めば》えたのかな」

「そうなんです。同世代のボーイフレンドはいたんですけど、なんだか物足りなく感じてたところでしたので……」

「大人そのものの二階堂さんに加速度的に惹《ひ》かれたんだ？」

「ええ、そうです。二階堂さんとデートしてると、自分も一人前のレディーになったような気持ちになれたんで嬉しかったんですよ。それに女性の体を識《し》り抜いてるんで……」

「離れられなくなっちゃった？」

「あっ、誤解しないでくださいね。わたしたち、体だけで繋がってたわけではありません。わたしは二階堂さんの人格にも魅《み》せられたので、すでに婚約者がいる彼と密会を重ねてたんですよ。伊吹美寿々さんには後ろめたい気持ちがありましたけど、デートの誘いを断れなかったんです」

「すごく惚れちゃったんだな。彼には婚約者のほかに、きみを含めて三人の交際相手がいたんだが……」

「そのことは知りませんでした。警察の事情聴取でそうした事実を聞かされて、とてもショックを受けました」

「だろうね」

「本当に心を奪われたのは……」

「きみだけなんだと言ったんだね？」

「ええ。二階堂さんは結婚を前提にして改めてわたしと交際したいと言ってくれたんです。以前のわたしだったら、喜んで申し入れを受けたでしょう。でも、わたしのほかに別の女性たちと交際していたことは許せませんでした。ですので、未練はありましたけど、彼とは別れることにしたんです」

「二階堂さんはすんなり別れ話を聞き入れてくれたのかな？」

「ええ、意外にあっさりと。そのとき、わたしは熱くなったのは自分だけだったんだと思い知らされました。悲しかったけど、未練はありませんでした」

七海が淋《さび》しげに言った。

「最後に二階堂さんに会ったのは、いつ？」

「去年の十二月上旬ですね。その日、彼は乗馬クラブを辞めたんです。それで会員の有志がお別れ会を開いたんですよ。そのときに会ったきりで、その後は一度も顔を合わせていませんし
「そう」

「ただ……」

「彼から電話か、メールがあったようだね？」

「二階堂さんの元婚約者が目黒の碑文谷で殺された日の翌朝、電話がかかってきました。それで、前夜の九時から午前零時ごろまで一緒にいたことにしてくれないかと頼まれたんです」

「アリバイの偽装工作をするつもりだったんだろうか」

「わたしも、そう感じました。それだから、彼に伊吹美寿々さんを殺したんじゃないのかとストレートに訊いたんですよ」

「そうしたら？」

「彼、自分は殺人事件には絶対に関与していないと幾度も言いました。でも、事件当夜の九時過ぎから午前零時ごろまで警察に知られてはまずい場所にいたから、もっともらしいアリバイが必要なんだと繰り返していました」

「で、きみはどうしたの？」

時任は畳みかけた。

「犯罪に巻き込まれたくなかったので、わたし、アリバイ工作には協力できないとはっきりと言いました。彼は納得してくれて、警察関係者には電話で打診した件を黙っててくれと念を押して通話を切り上げました」

「いまの話を聞くと、二階堂さんが元フィアンセ殺しに絡んでると疑っても仕方ないだろうな」

「そうなんですけど、大企業でエリートと目《もく》されている彼が殺人事件になんか関与しないでしょう？　女性に婚約破棄されたのは屈辱的だったかもしれませんけど、凶悪な犯罪に関わったら、身の破滅ですので。そんな愚かなことはしないと思います。事件当夜、高校時代の友人たちと別れてから、白人売春クラブに連絡してウクライナかベラルーシ出身の高級娼婦と遊んだのかもしれませんよ。わたしとつき合っているころ、彼、東欧やバルト三国で育った白人売春婦はあまり擦《す》れてないから新鮮だったと口を滑らせたことがあるんですよ」

「そう」

「いい気持ちはしませんでした。けど、男性なら、いろんな国の女性を抱いてみたいでしょうから咎《とが》めたりはしませんでした。軽蔑《けいべつ》もね」

「まだ若いのに、捌《さば》けてるんだな」

「父も祖父も女性関係で妻を悩ませてきました。英雄色《えいゆういろ》を好むではありませんけど、遣《や》り手の男性は総じて女好きなんじゃないですか」

「そういう傾向はあるだろうな」

「ほかに考えられるのは、インターネットを使った違法カジノですかね？」

七海が言った。

「二階堂さんはルーレット、それからポーカーやブラックジャックといったカードゲームが好きなのかな？」

「どれも好きですね。わざわざ韓国、マカオ、シンガポールのカジノに出かけてたんですよ。日本でも早くカジノが合法になってほしいとよく言っていました」

「ふうん」

時任は素《そ》っ気《け》なく応じたが、事件当夜、二階堂は高校時代の友人と別れてから、歌舞伎町にある違法カジノで遊んでいたにちがいないと確信を深めた。

それだけで、法律を破ったことになる。二階堂は検挙されたくなくて、二月四日の午後九時以降のアリバイ工作をしたのではないか。そうならば、捜査本部事件の実行犯ではあり得ない。ただ、第三者に伊吹美寿々を絞殺させた疑いは残っている。

「彼は二月四日の午後九時以降のアリバイを偽装した疑惑はあっても、美人弁護士の死には絡んでいないと思います」

「そうだとは思うが、まだ潔白とは言えないな」

「刑事さん、彼に電話して事件当夜の九時過ぎにどこで何をしてたのか、それとなく訊いてみてもいいですよ。多分、わたしには本当のことを話してくれると思います」

「それは危険だな。二階堂さんが女性弁護士殺しに何らかの形で絡んでるとしたら、きみは命を奪われることになるかもしれないからね」

「ま、まさか!?」

「考えられないことじゃないだろう」

「そうでしょうか」

「きみは、もう二階堂さんとは関わらないほうがいいな。協力してくれて、ありがとう」

「もう家に入ってもいいんですね？」

七海が確かめた。

時任は無言で顎《あご》を引き、先に車を降りた。七海もエルグランドから出てきた。時任は七海が自宅に入ったのを見届けてから、専用覆面パトカーの運転席に乗り込んだ。新宿に向かう。

『パラダイス』というバーを見つけたのは四十数分後だった。

店は歌舞伎町一丁目の裏通りに面した飲食店ビルの二階にあった。店はそれほど広くない。右手にL字形のカウンターがあり、通路の反対側には三卓のボックス席が見える。

客の姿は目に留《と》まらない。カウンターの中で、五十歳前後の男が乾いた布でブランデー用のチューリップグラスを磨《みが》いている。

「マスターの滝沢諭《たきざわさとし》さんですか？」

時任は確かめた。

「ええ、滝沢です。どなたでしょう？」

「警視庁の時任という者です。ちょっとうかがいたいことがあって、お邪魔したんですよ。まだ客がいないんで、好都合です」

「わたしはもちろん、お客さんたちも別に危《ヤバ》いことなんかやってませんよ。暴力団関係者は出禁《できん》にしてありますんでね」

「ちょっとしたことを確認させてもらうだけですよ。そう警戒しないでください。二月四日の夜、『全日本製鉄』の二階堂宗太という社員はここに来てませんね」

「ええ。あっ、待ってください。その方なら、高校時代の友人三人と一緒にいらっしゃいましたよ。常連の岡野《おかの》さんが一次会の居酒屋から引っ張ってきたんです。四人は午前零時ごろまで楽しそうに飲んでました。揃って顔を合わせたのは久しぶりだとかで、だいぶ盛り上がってましたよ。カラオケで三十曲ぐらい歌われたんじゃないかな」

「質問してないことを先に次々と喋ると、かえって怪しまれますよ」

「怪しまれるって、どういう意味なんですっ」

マスターの滝沢が挑《いど》むような眼差しを向けてきた。

「常連客の岡野展人《のぶと》に頼まれて、その晩は二階堂宗太も一緒に店で飲んでたことにしてやったんじゃないの？　マスターは、本当は二階堂には会ってない。そうなんでしょ？」

「いえ、会っています。ええ、岡野さんの高校時代の友達はこの店に来ました」

「実は何時間か前に、こっちは岡野さんに電話で同じことを訊いたんですよ。彼もマスターと同じように、ちょっと狼狽してたな」

「えっ⁉」

「急に伏し目になりましたね。二階堂は元婚約者殺しに絡んでるかもしれないんですよ。あなたや岡野さんら友人三人が嘘の証言をしたことがわかったら、偽装工作の協力者として罰《ばっ》せられますよ」

「そうだったな。常連の岡野さんの頼みなんで、わたし、断れなかったんですよ。二階堂という岡野さんの友人は店には見えませんでした」

「やっぱり、そうだったか」

「碑文谷署に設置された捜査本部の人たちには岡野さんと同じように嘘の証言をしてしまったんです。猛省《もうせい》しますので、お咎《とが》めなしにしてもらえませんかね。すみませんでした」

「善処しましょう」

時任はもったいぶって言い、店を出た。事件当夜、二階堂は一次会に出た後、警察関係者に知られたくない場所で何時間か過ごしたのだろう。

エレベーターホールにたたずんで間もなく、私物のスマートフォンが震えた。発信者は寺尾理沙だった。

「伯父に調べてもらったら、関東《かんとう》義友会《ぎゆうかい》の二次団体の川辺《かわべ》組が仕切ってる違法カジノに二階堂と思われる三十二、三の男が出入りしてるらしいの」

「そいつは、まさか本名で違法カジノで遊んでるんじゃないだろうな」

「自称藤堂俊《とうどうしゅん》で、外資系証券会社で働いてるってディーラーたちには語ったそうよ」

「おそらく、その男が二階堂なんだろう。問題の違法カジノは歌舞伎町のどのあたりにあるんだって？」

「区役所通りと花道《はなみち》通りがクロスする角に風林《ふうりん》会館があるでしょ？　その斜め裏に興和《こうわ》ビルがあるらしいのよ。そのビルの地下一階が違法カジノになってるそうよ。防犯カメラが三台も設置されて、二重扉になってるんですって。客たちはカジノの支配人のスマホを鳴らしてから、中に入れてもらうことになってるんだって」

「そう。いま歌舞伎町一丁目にいるんだ。コンビニでサンドイッチと缶コーヒーを買ったら、興和ビルの近くで張り込んでみるよ。二階堂が現われるかどうかわからないがな」

時任は電話を切り、エレベーターの下降ボタンを押し込んだ。

3

ブラックコーヒーが妙に苦い。

前夜の張り込みが空振りに終わったせいか。時任はきょうの午前二時過ぎまで、関東義友会川辺組が仕切っている違法カジノの近くで張り込みをつづけた。

だが、二階堂は姿を見せなかった。読みが外れてしまったわけだ。時任は帰宅して風呂に入り、ベッドに潜《もぐ》り込んだ。

目覚めたのは午前十時前だった。時任は洗顔を済ませ、朝食の仕度をした。

といっても、ハムエッグをこしらえてイングリッシュ・マフィンを焼いただけだ。もちろん、コーヒーも淹れた。

一服していると、食堂のテーブルの上で私物のスマートフォンが震動した。発信者は理沙だった。

「二階堂宗太は違法カジノに来たの？」

「残念ながら、来なかったよ。午前二時過ぎまで張り込んでみたんだが、ついに対象者《マルタイ》は現われなかった」

「そうなの。時任さん、二階堂は変装して違法カジノに出入りしてるとは考えられないかな。それで、見落としてしまった可能性もあるんじゃない？」

「そんな失敗《ドジ》は踏まないよ。理事官に渡された捜査資料には、二階堂の顔写真が貼付《ちょうふ》されてたんだ。顔の造作がはっきりとしてるから、たとえ付け髭《ひげ》で印象を変えてたとしても気づくさ」

「そうか、そうでしょうね」

「おそらく二階堂は会社から千駄ケ谷《せんだがや》の自宅に戻ったか、取引先の接待を受けてたんだろう」

「そうなのかな。伯父の剣持から新たな情報が入ったの。自称藤堂俊は半年ほど前に五百数十万円の負け金の支払いができなかったんで、一晩、川辺組の事務所に監禁されたことがあるらしいのよ。でも、数日後にはなぜか解放されたみたいなの」

「多分、負け金をきれいにしたんだろうな」

「そうなんでしょうね。大企業に勤めてるんだから、五百数十万円の貯えはあったんじゃない？」

「いや、そんなに預金はなかったと思うな。二階堂は女たちを口説くのに金を遣《つか》ってたはずだよ。給料は悪くないんだろうが、まだ三十四歳なんだ。年収は一千万円に満たないんじゃないか」

「でしょうね。婚約者のほかに三人の女性とこっそり交際してたんだから、デート代もばかにならなかったんじゃないの？」

「そうだと思うよ。だから、ろくに預金はなかったんだろう。そのうちツキが戻ってくると楽観してるうちに、違法カジノの負債額が膨らんでしまったんじゃないか」

「消費者金融数社からお金を借りて、川辺組に払ったのかしら？」

「『全日本製鉄』のエリート社員が消費者金融の世話になっていることが会社に知られたら、出世に響くだろう」

「そうでしょうね。伊吹美寿々に婚約解消されてイメージを悪くしてるんで、サラ金の類《たぐい》からお金なんか借りないと思うわ。学生時代の友人や親兄弟に頭を下げて……」

「プライドの高い男は、そんなことはしないだろう。もしかしたら、二階堂は不正な手段で五百数十万円を工面《くめん》したのかもしれないぞ」

時任は言った。

「麻薬ビジネスの手伝いをして、借金をチャラにしてもらったのかしら？」

「暴力団は堅気にそんなことさせないよ。貸し金は、びしばしと取り立ててるにちがいない。現に二階堂は組事務所に監禁されたって話だったよな？」

「ええ、伯父が集めてくれた情報だとね」

「『全日本製鉄』の下請け会社は元請けから孫請けまで含めれば、千社以上になるんじゃないか。二階堂は生産部門で発注業務に携わってるはずだから、下請け会社にこっそりキックバックを要求することは可能なんじゃないのかな」

「『全日本製鉄』との取引を継続したい下請け業者は少なくないでしょうから、二階堂の言いなりになる企業はあると思うわ」

「だろうな」

「ちょっと待って。そんな不正がバレたら、二階堂は一巻の終わりでしょ？」

理沙が異論を唱《とな》えた。

「おまえさんの言う通りだな。二階堂は川辺組の下働きをして、借りた金を少しずつ棒引きにしてもらってるんだろうか」

「そのことに関連してるかどうかわからないけど、川辺組が管理している違法カジノで数千万円の借金を作った飲食店オーナー、ベンチャー関係起業家は強制的に掛け捨ての高額生命保険に加入させられてるそうよ」

「保険金受取人は、川辺組と繋《つな》がりのある堅気になってるんだろうな」

「そうみたいよ。組の者が保険金受取人になったら、怪しまれるでしょうからね。前置きが長くなっちゃったけど、伯父の話だと、違法カジノの常連客十数人が歩道橋や駅のエスカレーターから転落して死んでるらしいの。いずれも一千万円以上の負け金があったみたいよ」

「事故死を装った他殺臭いな。二階堂は高額負債者を事故に見せかけて死なせて、自分の借金をチャラにしてもらったんだろうか」

「時任さん、そうなんじゃない？　二月四日の午後九時過ぎに二階堂は川辺組が仕切ってる違法カジノに入り、日付が変わるころまでルーレットやカードゲームに興《きょう》じてた。美人弁護士殺しで疑われたくなかったというよりも、賭博《とばく》で逮捕されることになったら、川辺組との不適切な結びつきを徹底的に警察に調べられるわよね？」

「だろうな。そうなったら、二階堂の前途は閉ざされてしまう。それを避けたくて、二月四日の九時過ぎのアリバイを偽装する気になったんだろうか」

「考えられると思うわ。二階堂が事件当夜、高校時代の友人三人とずっと新宿で飲んでたというアリバイ工作をして、誰かに伊吹美寿々を殺害させたと疑えないこともないけど」

「そうだな」

「捜査本部は、二階堂のほか平松謙次とストーカーっぽい長友翔を第一期でマークしたのよね」

「ああ、そうなんだ。捜査本部は二階堂、平松、長友の三人はシロと断定したんだが、そのことを検証する必要があるだろうってことで、おれが……」

「ええ、そういう話だったわね。二階堂がシロだったとはっきりしても、まだ平松と長友の二人を洗い直さないといけないんでしょう？」

「そうだな」

「時任さんだけで再捜査してると、だいぶ時間がかかりそうね。わたしも品田のお父さんも早くアシストしたくて、うずうずしてるの。わたしたちに何か手伝わせてくれない？」

「ありがたい申し出だが、おまえさんも品田のおやっさんもすんなりとは捜査協力費を受け取ってくれないんで、なんか気が引けちゃうんだよ。特別任務の捜査費は一件百万円出るんだから、二人とも二、三十万の金は受け取ってほしいんだ。こっちが自腹を切ってるわけじゃないんだから」

「そのことは何度も聞いたわ。でも、わたしたち二人は謝礼が欲しくて時任さんの隠れ捜査の手伝いをしてるわけじゃないの。わたしは原稿のネタを拾えることがあるし、品田のお父さんも刑事時代と同じ気持ちになれることを純粋に喜んでるでしょう。だから、そのつど捜査協力費なんか貰《もら》ったら、気が重くなっちゃう。殺人犯を突きとめたときに一杯奢《おご》ってもらうだけで充分よ」

「そうか」

「実はさっきね、品田のお父さんに電話したのよ。きょうは奥さん、健康診断を受けるとかで事務所には来ないらしいの。わたしたち二人に捜査資料を読ませてくれない？　時任さんは敏腕だけど、三人で動いたほうが早く事件に片がつくんじゃない？」

「わかった。二人に助《ス》けてもらうよ。正午までには品田のおやっさんの事務所に行く。デパ地下に寄って三人分の弁当を買っていくから、昼飯は喰わないでくれ」

時任は電話を切り、汚れた食器を手早く洗った。それから洗濯機を作動させ、歯を磨く。髭も剃《そ》った。

借りている七〇一号室を出たのは十一時二十分ごろだった。エレベーターで一階に降りマンションの専用駐車場に回った。エルグランドに乗り込む。

時任は部屋を出る前に、ショルダーホルスターにシグＰ230Ｊを収めていた。マガジンはフルに装弾してあったが、むろんセーフティーロックは掛けたままだ。手錠と特殊警棒は車のグローブボックスの奥に入れてある。

時任は車を走らせはじめた。

近くの明治《めいじ》通りに出て、渋谷に向かう。十分そこそこで、目的地に着いた。有名なデパートの地下駐車場にエルグランドを置き、食品売場を巡る。

時任は、老舗割烹《しにせかっぽう》の仕出し弁当を三つ買った。ついでに和菓子も求める。品田は酒好きだが、甘党でもあった。

時任は地下駐車場に戻り、道玄坂までエルグランドを走らせた。ほんのひとっ走りだった。車を裏通りの路上に駐め、道玄坂に引き返す。

品田探偵事務所は、道玄坂に面した雑居ビルの五階にある。時任はデパートの紙製の手提《てさ》げ袋と捜査ファイルを携えて、古びた函《ケージ》に乗り込んだ。

品田は長椅子に腰かけて、紫煙をくゆらせていた。喫っているのはハイライトだ。刑事時代から銘柄は変わっていない。

「やあ、係長《ハンチヨウ》！　昼飯をご馳走《ちそう》してくれるんだって。理沙嬢から電話があったんだ」

「そうですか。こいつが差し入れです。練り菓子も買ってきました」

「そいつはありがたい。妻に糖分を制限しろと言われてるんで、嬉しい差し入れだね」

「奥さん、健康診断できょうは休みだとか？」

「そうなんだよ。鬼のいぬ間に和菓子を喰って、包装紙を処分しておくか」

「ええ、そうしたほうがいいでしょう」

時任はデパートの手提げ袋を差し出した。品田が押しいただき、腰を浮かせた。

「座っててくれないか。いまお茶を淹れるよ」

「すみません」

時任は、品田が腰かけていた場所の正面のソファに腰を下ろした。セブンスターをくわえ、使い捨てライターで火を点ける。

品田がコーヒーテーブルに来客用の湯呑み茶碗を置き、手提げ袋の中を覗き込んだ。

「ずいぶん張り込んだな。こんな高い弁当なんか喰ったことないよ。練り菓子も高級なんだろう？」

「おやっさんたち二人には世話になってるから、ささやかなお礼です。といっても、官費で払ったんですがね」

時任はそう言ったが、自分の金で弁当と和菓子を購入していた。

「とか言ってるが、係長《ハンチヨウ》がそんなセコいことをするわけない」

「ま、いいじゃないですか」

「そうだな。早速だが、捜査資料を読ませてもらえる？」

品田が促《うなが》した。

時任は鑑識写真の束を挟んだまま、青いファイルを渡した。品田がまず鑑識写真を繰《く》った。

いったん目を閉じ、首を振った。若くして死んでしまった美人弁護士の運命を哀《あわ》れに感じたのだろう。

「おやっさん、いただきます」

時任は言って、緑茶を口に含んだ。茶葉は安物ではないらしい。香り高く、味わい深かった。

品田は鑑識写真の束を卓上に置くと、短く合掌した。それから、事件調書の写しを捲《めく》りはじめた。一字一句じっくりと読み込んでいる様子だ。

時任は煙草を喫いながら、品田が顔を上げるのを待った。その間、茶を啜《すす》った。

品田がファイルを閉じたのは十五、六分後だった。

「被害者は下着姿にされてるが、加害者は性犯罪に見せかけたかっただけなんだろうな。その証拠に、伊吹美寿々は体を穢《けが》されていない」

「そうですね。一期で二階堂宗太、平松謙次、長友翔の三人が捜査対象になったんだが、揃ってシロと断定された。一応、それぞれアリバイがありましたんでね」

「そうなんだが、巧妙なアリバイ工作を看破《かんぱ》できなかったケースもある。だから、三人のうちの誰かが被害者を革紐で絞め殺したのかもしれないぞ。犯行の目撃者がいないと記述されてたんで、最初は犯罪のプロの仕業だと推測したんだよ」

「殺し屋《プロ》の犯行《ヤマ》だったら、凶器の革紐は持ち去るでしょ？　それから、性犯罪に見せかけるような小細工は弄《ろう》さないと思うな。司法解剖で被害者が犯されていたかどうかは、すぐにわかることですので。そんな無駄な偽装工作をするわけないでしょ？」

「少なくとも、人殺しを仕事にしている人間の犯行《ヤマ》じゃないだろうな。そう思うんだが、まったくの素人の仕業とは思えないね」

「どの点が素人臭くないんです？」

時任は訊いた。

「被害者《マルガイ》は家路を急いでるとき、背後から忍び寄った犯人にテイザーガンで昏倒《こんとう》させられてる」

「ええ、そうですね。路上に倒れ込んで、すぐに美寿々は『宮下造園』の植林畑に運ばれた。ただ、引きずられた跡は……」

「その痕跡がなかったことが素人離れしてるように思えたんだよ。鑑識写真を見ると、犯人のものらしい靴痕は、道路寄りは土に割に深く彫《ほ》り込まれてた。だが、遺体周辺の足跡《ゲソ》は浅い。そのことで、加害者が被害者を肩に担《かつ》ぎ上げて植林畑の奥で地面に振り落としたと考えられる」

「こっちも、そのことには気づきました。犯罪に馴《な》れていない者は、ぐったりした被害者を道路から植林畑の奥まで引きずっていくでしょうね。テイザーガンを使うことを思いつく素人も多くないと思います。だからといって、犯罪のプロとは考えにくい気もしてるんですよね」

「被害者の衣服を剝《は》いだり、凶器の革紐を持ち去らなかったことを係長《ハンチョウ》は言ってるんだね？」

「ええ、そうです」

「加害者はいろんな犯罪に手を染めてるんだが、人殺しは初めてだったのかもしれないよ。窃盗や強盗とは手口が違うんで、ふだんの冷静な判断ができなかったんじゃないかね。だから、性犯罪に見せようと画策してしまったんじゃないだろうか」

「そうなのかな」

「あるいは加害者は、プロかアマの犯行か判断しにくいように意図的にちぐはぐなことをやったのかもしれないな」

品田が腕を組んで、そう言った。

「おやっさんの筋読み通りなら、実行犯は二階堂、平松、長友の三人じゃないんだろう。そこまで悪知恵は回らないでしょうからね」

「そうだと思うよ。しかし、その三人の誰かがアリバイを用意して第三者に美人弁護士を殺《や》らせた疑いはゼロじゃない」

「ええ」

時任は短く答えた。

会話が中断したとき、探偵事務所のドアがノックされた。来訪者は理沙だった。紙の手提げ袋を提げている。

「お父さんにシュークリームとエクレアを買ってきたの」

「係長《ハンチヨウ》も弁当のほかに、練り菓子を差し入れてくれたんだよ」

「あら、あら。甘いものを摂《と》りすぎると、奥さんに叱られそうね。それじゃ、持ってきた差し入れは時任さんとわたしが食べることにするわ」

「殺生《せつしよう》なことを言うなよ。こちらは和菓子も洋菓子も大好きなんだ。妻に見つからないようにして、どっちもご馳走になるよ」

品田が慌《あわ》てて声を発した。理沙が手提げ袋を品田に渡し、時任のかたわらに浅く座った。

「おまえさんも、捜査資料に目を通してくれないか」

時任は理沙に言った。理沙が卓上の鑑識写真の束を掴み上げた。品田がさりげなく長椅子から立ち上がり、理沙に供する緑茶を用意する。

「痛ましいな」

理沙は鑑識写真を見終わると、ファイルを膝の上で開いた。時任は、長椅子に戻った品田と小声で雑談を交わしはじめた。

理沙が捜査資料を読了したのは、およそ十五分後だった。

「時任さん、二階堂宗太にはまるで誠実さがないわね。きれいな弁護士さんと婚約してるのに、三人の女と浮気を重ねてたんだから。冗談だけど、二階堂を犯人にしちゃわない？」

「女から見たら、二階堂は敵だろうな」

「将来有望なエリート社員なんだろうけど、人間としては下《げ》も下《げ》だわ。イケメンだからって、次々に女性を弄《もてあそ》ぶような男は最低よ」

「だが、その手の男に引っかかる女が多いんじゃないのか」

「そうみたいね。外見、職業、収入がいい男に群がる女がいまもいるから。故人をけなすのは酷だけど、伊吹美寿々は美人で才媛《さいえん》だったけど、恋愛経験が乏《とぼ》しかったんだと思うな。それだから、二階堂みたいな薄っぺらな奴にのぼせちゃったんでしょうね」

「そうなのかもしれないな。そんなことより、加害者に見当はついたのか？」

「ううん。わたしと品田のお父さんは何を手伝えばいいの？」

「二階堂はおれがマークしつづける。二人には平松謙次と長友翔のどちらかを調べてもらおうか」

「わかったわ」

「『中杉総合法律事務所』で調査の仕事をやってた平松は、わたしが調べよう」

品田が理沙に言った。

「それなら、わたしはストーカーじみたことをやってた長友って奴のことをいろいろ探ってみるわ」

「係長《ハンチヨウ》、それでいいやな」

「ええ」

「それじゃ、老舗割烹の弁当をいただくか。腹ごしらえしたら、それぞれ隠れ捜査に取りかかろう」

「そうしましょう」

時任は笑顔を返した。

品田がデパートの手提げ袋から三つの和食弁当を取り出し、先に時任と理沙の前に置いた。その後、自分の分の包みをほどいた。

「おっ、値の張る食材ばかりじゃないか。うまそうだな。係長《ハンチョウ》、三千円以上はしたんじゃないのかい？」

「お父さん、そういうことは訊くもんじゃないでしょう？」

理沙が品田をやんわりと叱った。品田が、ばつ悪げに頭に手をやる。

時任は頰《ほお》を緩《ゆる》め、割り箸を手に取った。

4

何も動きがない。

『エルコート千駄ケ谷』の表玄関がよく見える。

時任はエルグランドの運転席から、二階堂の自宅マンションに視線を注いでいた。

品田探偵事務所を辞去すると、『全日本製鉄』の東京本社ビルに向かった。時任は本社ビルの近くで、私物のスマートフォンを使って二階堂の職場に連絡をした。二階堂の友人に成りすまして、電話をかけたのだ。

それで、二階堂が欠勤していることがわかった。そんなことで、時任は自宅に回ってきたのである。

『エルコート千駄ヶ谷』は八階建ての賃貸マンションで、出入口はオートロック・システムにはなっていなかった。二階堂の部屋は三〇二号室だ。

時任は入居者のような顔をして、三階に上がった。三〇二号室のドアに耳を押し当てると、部屋の主は誰かと電話中だった。二階堂の声は聞いたことがなかったが、通話内容で在宅中であるとわかったわけだ。

時任は車の中に戻り、張り込みを開始した。いまは午後二時過ぎだ。

二階堂は外出しないのだろうか。時任は焦《じ》れそうになったが、辛抱強く捜査対象者が動きだすのを待った。

二階堂が自宅マンションから出てきたのは二時半ごろだった。四角い箱を持っていた。さほど重そうではない。

二階堂は七、八十メートル歩き、月極駐車場の中に入っていった。時任はアクセルペダルを踏み込み、月極駐車場の見える道端に車を停めた。

二階堂はドルフィンカラーのBMWの背後に回り込んだ。3シリーズだが、まだ新しかった。二階堂は抱えていた四角い箱をトランクルームに入れると、運転席に乗り込んだ。右ハンドル仕様だった。

　時任は顔を伏せた。

　ほどなく二階堂の車が月極駐車場から走り出てきた。時任はBMWが遠ざかると、エルグランドを発進させた。慎重に追尾していく。

　二階堂は車を数十分走らせ、西新宿の『東都《とうと》金属加工』という会社の並びにあるレトロな喫茶店の前の路肩に寄せた。だが、車を降りようとはしない。

　誰かを待つ気なのか。時任はエルグランドをBMWの数十メートル後方に停めて、ハザードランプを灯《とも》した。ノートパソコンを開き、『東都金属加工』のホームページを覗く。

　取引先を検索すると、二階堂の勤務先が頭に掲げられていた。どうやら『東都金属加工』は大手製鉄会社の下請け業者らしい。

　社員数は三百人そこそこだ。元請けではないだろう。二次か三次の下請け会社なのではないか。

　元請け会社にキックバックを要求したら、たちまち不正は発覚してしまうだろう。その点、二次や三次の下請け会社は立場が弱い。発注元の大企業のエリート社員が元請けに圧力をかければ、孫請けや曽孫《ひまご》請けはたやすく協力会社から外されるにちがいない。

　二階堂は卑劣にも中小企業からキックバックを吸い上げ、違法カジノの負け金を払ったのではないか。確たる根拠があるわけではないが、そう思えてきた。

『東都金属加工』の社名入りのクッション封筒を手にした四十代半《なか》ばの男がエルグランドの横を急ぎ足で通り抜け、レトロな喫茶店の中に消えた。

だが、わずか数分で男は外に出てきた。足早に来た道を逆にたどり、六階建ての『東都金属加工』の本社ビルの中に入っていった。

男は、持っていたクッション封筒を喫茶店の従業員に預けたと思われる。その中身は札束だろう。

二階堂は少し経ってから、怪しいクッション封筒を引き取りに行くにちがいない。時任は、そう睨《にら》んだ。だが、二階堂はＢＭＷの運転席から出る気配をうかがわせない。時任は小首を傾《かし》げた。

そのとき、クラシカルな喫茶店からウェイトレスが出てきた。『東都金属加工』の社名入りのクッション封筒を小脇に抱えている。だいぶ膨らんでいた。やはり、札束が収まっているのだろう。

二階堂がパワーウインドーのシールドを下げ、ウェイトレスと思われる女に何か問いかけた。相手が二度うなずき、社名入りのクッション封筒を差し出した。

クッション封筒を受け取った二階堂は、小さく折り畳んだ五千円札を女性に握らせた。相手は少しも困惑した様子を見せない。何回かチップを貰ったことがあるようだ。

二階堂が軽く片手を挙げ、パワーウインドーのシールドを上げた。二十代前半の女性が喫茶店に戻った。

ＢＭＷが走りだした。

時任はシフトレバーをＤ《ドライブ》レンジに入れ、ステアリングに両手を掛けた。ＢＭＷは近くの青梅《おうめ》街道に出ると、大ガードを抜けて靖国《やすくに》通りを道なりに進んだ。

時任は数台の車を間に挟みながら、二階堂の車を追跡した。

ＢＭＷは新宿五丁目東交差点を左折し、明治通りに入った。そのまま直進して、やがて池《いけ》袋《ぶくろ》駅前の地下駐車場に潜った。時任も同じようにした。

二階堂はＢＭＷを降りると、南口から池袋駅の構内に足を踏み入れた。時任は追った。

二階堂は馴れた足取りで構内のコインロッカーの前まで歩き、パーカのポケットを探《さぐ》った。

時任は物陰に走り入り、二階堂の動きを見守った。

二階堂は取り出した鍵で上段のロッカーのロックを解き、黄色っぽいクッション封筒を取り出した。社名もロゴマークも印刷されていなかったが、かなり厚みがあった。中身は札束と思われる。

二階堂はクッション封筒を胸に抱えると、コインロッカーから離れた。二次か三次の下請け業者にキックバックをコインロッカーに入れさせ、その鍵を二階堂の自宅に書留速達で送らせたのではないか。

そうした授受方法なら、不正は発覚しにくい。時任は二階堂を駅構内のトイレに連れ込んで、締め上げたい衝動に駆られた。そうすれば、二階堂が美人弁護士殺しに関与しているかどうかがはっきりするだろう。

だが、二階堂は違法カジノに出入りして会社の下請け業者からキックバックをせびっていることを否認しつづけるかもしれない。そうなったら、今後の捜査がやりにくくなる。

もうしばらく二階堂を泳がせたほうが賢明だろう。時任はそう判断し、二階堂の後から駅前の地下駐車場に戻った。

ＢＭＷは地下駐車場を出ると、東池袋を斜めに横切った。行き先に見当はつかない。時任は一定の距離を保《たも》ちながら、ＢＭＷを追尾した。

二階堂が車を停めたのは、大塚《おおつか》駅前だった。少し離れた場所に公衆電話ボックスがあった。

二階堂はテレフォンボックスから目を離そうとしない。

時任はエルグランドをＢＭＷの二十メートルほど後ろに停めて、エンジンを切った。セブンスターを喫いはじめる。

一服し終えた直後、五十代半ばの色黒な男がテレフォンボックスに入った。『オリエンタル製鋼』という社名入りの小さな紙袋を手にしていた。

男は紙袋を足許に置くと、受話器をフックから外した。しかし、スリットに百円硬貨も十円玉も入れなかった。テレフォンカードも取り出さない。
五十六、七歳の男は通話している振りをしはじめた。時任はノートパソコンを開いた。『オリエンタル製鋼』を検索すると、大手製鉄会社と取引があることが誇らしげにホームページに載っていた。社員数は百十四人と書かれている。
二階堂は三次か四次の下請け業者にも袖の下を使わせているようだ。弱い者いじめも甚《はなはだ》しい。時任は義憤《ぎふん》を覚え、全身が熱くなった。

少し経つと、テレフォンボックスから色の黒い五十代半ばの男が出てきた。社名入りの小さな紙袋は持っていない。じきに男は雑沓《ざっとう》に紛《まぎ》れた。

すると、二階堂がＢＭＷの運転席から出た。ガードレールを跨《また》ぎ越え、公衆電話ボックスに駆け寄った。

いったんボックスの中に入り、受話器を取った。一分ほど電話をする真似をしてから、二階堂はボックスを出た。その手には『オリエンタル製鋼』のネーム入りの紙袋が抱えられている。

やはり、睨んだ通りだった。時任は、ほくそ笑《え》んだ。

二階堂が慌《あわ》ただしくBMWの運転席に座り、すぐに発進させた。時任はBMWがスロープに達してから、エルグランドを走らせはじめた。

二階堂の車は池袋方面に引き返し、目白《めじろ》通りに乗り入れた。道なりに進み、関越《かんえつ》自動車道の下り線に入った。時任もハイウェイに入る。

BMWは高速で走りつづけ、渋川伊香保《しぶかわいかほ》IC《インター》で一般道に下《お》りた。群馬県だ。浅間山《あさまやま》方向に向かい、しばらく裾野を走った。

時任は慎重にBMWを尾行しつづけた。BMWは浅間山の南麓《なんろく》に回り込むと、県道を逸《そ》れた。民家が疎《まば》らになり、自然林が目立つようになった。淋しい市道の先には、ペンション風の大きな建物があった。

なぜだか周囲は高い塀に囲まれている。廃業したホテルなのかもしれない。いつしか陽《ひ》は西に大きく傾いていた。

BMWは、怪しい建物の百メートルほど先に停められた。時任は四十メートルあまり手前の枝道《えだみち》にエルグランドをバックで入れ、そっと運転席を出た。

自然林の中に分け入って、林道に沿って横に移動する。二階堂は運転席から離れ、トランクルームの真後ろに立っていた。トランクリッドを押し上げ、四角い箱を取り出した。

足許に置かれた箱の中身は無人飛行機《ドローン》だった。一万円以下で買えるようなマルチコプターとは造りが違う。

時任は目を凝《こ》らした。

パロット社製の最新型のドローンのようだった。パロット社のドローンには一千四百万画素の魚眼レンズ付きカメラが搭載《とうさい》され、最長二百五十メートルまでドローンを飛行させられるものもある。スマートフォンでドローンを操縦することも可能だが、定価が十五万円以上もするドローンにはたいてい専用のコントローラーが付いていた。正確な操縦ができる。

二階堂は四枚羽根のドローンを林道の中央に据《す》えると、コントローラーを操作しはじめた。

カメラ付きの最新型ドローンはほぼ垂直に上昇し、高度六、七十メートルで水平飛行に移った。

向かった先には、かつて大型ペンションだったと思われる建物があった。その怪しげな建物には何か秘密があるのではないか。

時任はできるだけ姿勢を低くして、林道を横切った。極力、足音は殺した。そのおかげか、二階堂には気づかれなかったようだ。

そう感じたが、時任は大事を取って一分ほど動かなかった。やはり、二階堂に怪しまれた様子はない。

時任は自然林の樹木の間を縫《ぬ》いながら、高い塀に囲まれた二階建ての建造物に接近した。

塀の上に防犯カメラは設置されていない。しかし、塀をよじ登っている姿をドローンのカメラに捉《とら》えられる恐れがあった。

時任は、高い塀に最も近い樫《かし》の巨木を登りはじめた。

太い枝が横に大きく張り出し、葉も都合よく繁《しげ》っている。ドローンのカメラに自分の姿を撮られる心配はなさそうだ。

塀よりも高い位置まで上がることができた。時任は片腕で樹幹《じゅかん》を抱き込み、太めの枝の上に乗った。両足に体重を掛けてみたが、枝が下がることはなかった。

時任は高い塀の内側を覗き込んだ。

広い庭の中を四人の若い女性が逃げ回っていた。全員、一糸もまとっていない。口許には防声具を嵌《は》められ、両手首は結束バンドで後ろ手に括《くく》られている。揃って戦《おのの》いていた。

逃げ惑《まど》っている四人は、顔立ちや肌の色が日本人とは異なっている。いずれも東南アジア系だ。タイ人やラオス人だろうか。あるいは、フィリピン人かインドネシア人かもしれない。南方系の目鼻立ちだ。

全裸の女性たちに、狩猟用強力パチンコに似た造りのバリスタらしき武器を向けている中高年の男が七人いた。バリスタは、古代ローマ時代から使われている小石を射《う》ち出す装置だ。男たちが放っているのは小石ではなかった。黒いゴム弾だった。

七人の男はサディスティックな笑みを浮かべながら、次々にゴム弾を放つ。ゴム弾の威力は侮《あなど》れない。至近距離で撃ち込まれたら、大人でも倒れてしまう。よく見ると、女たちの体は痣《あざ》だらけだった。

七人の男は裸の女性たちを嬲《なぶ》ることで歪《ゆが》んだ性的快感を得ているにちがいない。どの目も欲望にぎらついていた。

四人の東南アジア系の女性は、日本に不法滞在していたのではないか。偽造パスポートで密入国したのだとしたら、反社会的な組織に拉致されて殺害されても、被害者がどこの誰かは簡単にはわからない。だいぶ昔のことだが、臓器ブローカーがオーバーステイしているアジア人男女を監禁して腎臓《じんぞう》を勝手に片方だけ抜き取り、闇病院に高値で売っていた事案《じあん》があった。

四人の女性も、おそらく不法滞在者だったのだろう。首都圏のどこかで拉致され、当地に連れてこられたのではないか。そして、サディストたちの慰《なぐさ》み者にされているのだろう。

世間の尺度で測《はか》れば、七人の男たちはそれぞれ成功者なのではないか。歪《いびつ》な性癖を満足させてくれる遊戯には大枚をはたいても惜しくないと思っているのかもしれない。

そんな男たちを娯《たの》しませる裏ビジネスを考え出した堅気などいないはずだ。関東義友会川辺組が〝暴虐遊戯《ぼうぎゃくゆうぎ》〟をビジネスにしたのではないか。

違法カジノで五百数十万円の借金をこしらえた二階堂は勤め先の下請け業者からキックバックをせしめ、なんとか厳しい取り立てから逃れることができたのだろう。それで悪い遊びをきっぱりとやめればいいのだが、違法カジノにはまだまだ通いたかったにちがいない。

そこで、二階堂は川辺組の弱みを押さえる気になったのではないか。そしてドローンのカメラで、〝暴虐遊戯〟の映像を押さえる気になったのかもしれない。

でっぷりと太った六十歳前後の男が放ったゴム弾が、逃げ回っている小麦色の肌の女性の後頭部にまともに命中した。

被弾した女性は前のめりに倒れ込んで、呻《うめ》き声をあげたようだった。だが、防声具を噛まされている。声は洩れなかった。

「仕留《しと》めたぞ。お先に娯《たの》しませてもらうよ」

太った六十絡みの男は六人の遊び仲間に言って、バリスタをベルトの下に差し込んだ。すぐに倒れた女に駆け寄り、荒っぽく上体を引き起こした。

相手が怯《おび》え、いやいやをした。男は相手の防声具を外し、チノクロスパンツのファスナーを引き下げた。

「もう許してほしいね。お願い、勘弁して……」

女が癖のある日本語で哀願した。六十男はせせら笑って、拳《こぶし》で相手のこめかみを殴りつけた。

女性が悲鳴をあげ、横に転がった。太った男はすぐに相手を掴み起こし、鼻を抓《つま》んだ。女性が苦しがって口を開ける。

男は抜け目なく昂《たか》まった性器を相手の口中に突き入れ、両手で頭部を抱え込んだ。すぐに腰を躍《おど》らせはじめる。強烈なイラマチオだった。フェラチオと違って、女性はほとんど息継《いきつ》ぎができない。相手の顔が歪みはじめた。

六人の男たちが口笛を相前後して吹き、残りの三人の女性をバリスタで狙い撃ちしだした。男たちは横一列に並び、女たちを庭の隅に追い込んだ。

代わる代わるにゴム弾を当てられた三人は、次々に倒れた。救《たす》けてやりたいが、術《すべ》がない。

六人の男たちは女たちの防声具を外すと、誰もがオーラル・セックスを強《し》いた。それぞれが口唇愛撫《こうしんあいぶ》に満足すると、三人の東南アジア系の女性を地に這《は》わせた。獣の姿勢だった。

六人はジャンケンをした。勝った三人が好みの相手を選び、腰を引き寄せた。おのおのが一気に貫き、律動《りつどう》を加えはじめた。

ジャンケンに負けた男たちは、三人の女性の前に回り込んで猛《たけ》ったペニスで口を穢《けが》しだした。荒っぽいイラマチオだった。

「てめえら、狂ってる。まともじゃないっ」

時任は悪態《あくたい》をついた。声を抑《おさ》えたつもりはなかったが、七人の変態たちの耳には届かなかったらしい。視線を向ける者はいなかった。

ふと上空を仰《あお》ぐと、ドローンが旋回《せんかい》していた。ややあって、建物の中から組員風の男が飛び出してきた。

「お客さん方、いったん建物の中に戻ってくれませんか」

「どうしたんだ？」

太った六十絡みの男が訊いた。

「この建物の上をドローンが飛んでるんですよ。おそらく庭の様子を撮影してるんでしょう。危《ヤバ》いんで、みなさん、早く建物の中に入ってください」

「ショットガンでドローンを撃ち落とせよ」

「そうするつもりですが、その前にお客さん方、早く中に入ってくれませんか。お願いします」

やくざと覚《おぼ》しき男は早口で言って、すぐに引っ込んだ。

七人の男たちが四人の女から離れ、ズボンの前を整えた。それから、我先に建物の中に逃げ込んだ。

入れ代わりに組員風の男が庭に飛び出してきた。アメリカ製の散弾銃を持っている。イサカだ。銃口が黄昏《たそがれ》の迫った夕空に向けられた。

重い銃声が轟《とどろ》く。散弾は扇の形に拡《ひろ》がり、ドローンを撃ち落とした。

時任は樫の巨木を滑り降り、自然林から林道に出た。二階堂の車は、すでに掻《か》き消えていた。

理事官に支援要請して東南アジア系の女性たちを救出してもらうつもりだが、いつまでも留《とど》まってはいられない。数キロ離れた場所から桐山に連絡したほうがよさそうだ。

時任は全速力でエルグランドに向かって駆けはじめた。

第三章　怪しい男たち

1

渋谷区内に入った。
四、五キロ先が千駄ヶ谷だ。浅間山麓から東京に戻ったのは数十分前だった。午後十一時半を回っていた。
もう二階堂は自宅マンションに戻っているだろう。散弾銃でドローンを撃ち砕かれたことを忌々《いまいま》しく思っているにちがいない。

時任の懐で刑事用携帯電話《ポリスモード》が着信音を発した。エルグランドを路肩に寄せる。発信者は桐山理事官だった。

「少し前に群馬県警から情報が寄せられたんだが、怪しげな建物の中には誰もいなかったそうだ」

「えっ、そんなはずはないんですがね。七人の中高年の男が庭で東南アジア系の四人の女性を追い回して、セックスの相手をさせてるところを目撃してから間もなく、理事官に連絡したんですから」

「わたしも、すぐに群馬県警に捜査依頼をしたよ。しかし、県警の機動隊員と地元署の刑事が現場に急行したらしいんだが、建物には誰もいなかったというんだ。ただ、外国人女性たちが部屋に軟禁されていた痕跡はあったという話だったな」

「サディスティックな女狩りをしてた男たちの車は一台も残ってなかったんですか？」

「駐車場は空っぽだったそうだ。わたしの直属の者が怪しい建物の所有者を調べてくれたんだが、関東義友会川辺組の若頭をやってる久米忠《くめただし》、五十二歳の妻になっていたらしい。久米佳奈《かな》、四十六歳は去年の春まで事件現場でペンションを経営していたんだ。しかし、営業不振で廃業したようだな。土地ごと元ペンションを売りに出したんだが、買い手がつかなかったようだ」

「それで、旦那の久米忠が個人的なシノギとして小金《こがね》を持ってる変態野郎たちにオーバーステイしている東南アジア系の女性を狩らせる裏商売を思いついたんでしょうね」

「個人的なシノギなんだろうか。若頭がそんなダーティー・ビジネスをしてたら、川辺組長は黙ってないだろう。舎弟たちも従《つ》いてこなくなると思うよ」

「ええ、そうでしょうね。久米の内職ではなく、組ぐるみのシノギなんだろうな」

「そうにちがいない。歌舞伎町の違法カジノを管理しているのも、若頭《カシラ》の久米なんだ。そのことは本庁《うち》の組対《そたい》と新宿署の組織犯罪対策課でも確認してもらったよ」

「そうですか。二階堂は川辺組の女狩りビジネスのことを誰から聞いたんですかね。まさか組員が危《ヤバ》いシノギのことを二階堂に教えるわけないでしょう？」

「川辺組が仕切っている歌舞伎町の違法カジノには、美人ディーラーがいるそうだよ。名前は加納瑠衣《かのうるい》、二十七歳だ。若頭の久米は一時期、瑠衣を情婦《いろ》にしてたみたいなんだよ。しかし、かみさんにそのことがバレたんで切れたようだ」

「加納瑠衣は手切れ金をたっぷり貰ったのかな」

「女房に若い愛人《レコ》のことを知られてしまったんだから、久米は高額の手切れ金は払っていないんじゃないか」

「多分、そうなんでしょうね。としたら、瑠衣は久米を恨んでたのかもしれないな」

時任は呟《つぶや》いた。

「考えられるね、それ。瑠衣は二階堂を唆《そそのか》して、川辺組を強請《ゆす》る気になったんじゃないだろうか。女好きの二階堂は美しいディーラーに言い寄られたら、協力する気になりそうだな」

「桐山さん、二階堂は堅気《ネス》なんですよ。そこまでする度胸はないでしょう？」

「うむ、そうだろうね。二階堂は瑠衣から川辺組の危《ヤバ》いシノギのことを教えてもらって、何か企んでいるのか。時任君は、どう読んでる？」

「二階堂は、若頭の久米や川辺組長にまとまった額の口止め料を出せと脅迫したりはしないと思います。サラリーマンにそれだけの度胸はないでしょ？」

「だろうな」

「二階堂はいざというときの切札がほしかったので、元ペンションで繰り返されてる〝暴虐遊戯〟の証拠動画を得たくてドローンを飛ばしたんでしょう」

「ルーレットやポーカーで大きく負けたとき、借りたチップ代をチャラにしてもらうつもりなんだろうか」

「それは考えていないと思います。そんなことをしたら、二階堂は川辺組に生コンクリート詰めにされかねませんから」

「そうされるだろうな」

「違法カジノは、どこもいかさま《サマ》をやっています。二階堂は加納瑠衣にサマの手口をこっそり教えてもらって、ルーレットでもカードゲームでも勝ちつづけて大金を得たいと考えてるんじゃないですか」

「なるほど、そうなのかもしれないね」

桐山が相槌を打った。

「賭博《とばく》で儲《もう》けた金の何割かを瑠衣に払うと約束すれば、いかさまの手口も聞き出せると思うんですよ。瑠衣は若頭の久米から、まとまった手切れ金は貰ってないということだったんで、腹いせにサマの手口を……」

「美人ディーラーは、いかさまの手口を二階堂に教える気になるだろうな」

「二階堂は加納瑠衣と結託《けったく》してることが発覚したときの切札として、浅間山の麓《ふもと》の元ペンションで行われてる女狩りビジネスの証拠動画を使う気だったんでしょう」

「そうなんだろうな。ドローンは撃ち落とされたわけだが、それまでの動画はパソコンかスマホに保存されてるんじゃないか」

「そうなんでしょう。二階堂と瑠衣が川辺組の者に疑われなければ、切札にはなるでしょう」

「廃業したペンションで散弾銃をぶっ放した男は川辺組の組員にちがいないと思うが、そいつはドローンを飛ばしたのが二階堂宗太だと気づいたんだろうか」

「二階堂はドローンを撃ち落とされると、すぐに逃げましたんで川辺組の者には姿を見られてないでしょう」

「そうなのかな」

「ただ、歌舞伎町の違法カジノで二階堂がディーラーの瑠衣と親しそうにしてたら、組の誰かに怪しまれるかもしれません」

「やくざ連中は、そういうことに勘が働くからな」

「そうですね」

「おっと、肝心なことが後回しになってしまった。実はね、捜査本部の明石担当管理官から新事実を摑んだという報告が上がってきたんだよ」

「新事実というのは？」

時任は問うた。

「伊吹美寿々は婚約を破棄する二カ月前、大きな帽子を被って黒縁の伊達《だて》眼鏡をかけ、二階堂を密かに尾《つ》けてたというんだ。婚約者が三股も四股も掛けていたことを女の勘で感じ取ったんで、婚約者の素行をこっそりと調べてみる気になったんだろう」

「そうなんでしょうね。管理官は、その新事実をどうやって知ったのでしょう？」

「夕刊紙の記者崩れの情報屋が、川辺組が仕切っている興和ビルの違法カジノに出入りしている客たちをチェックしてる美女に気づいて尾行して正体を突きとめたらしいんだ」

「その情報屋の個人情報を教えてもらえますか？」

「霞尚敬《かすみなおたか》、四十七歳だよ。詳しい情報は、後で加納瑠衣の分と一緒にメールするよ」

「わかりました」

「一期捜査で二階堂はシロと断定されたわけだが、グレイっぽくなってきたね。美人弁護士は婚約者が女にだらしがないだけではなく、暴力団が仕切ってる違法カジノに出入りしてることも知ってしまったと考えられるんじゃないか」

「ですね」

「法律家も人の子なんだが、正義感の強かった美寿々は婚約者の犯罪に目をつぶる気になるだろうか。二階堂は自分の犯罪を暴《あば》かれたくなかったんで、第三者に美寿々を抹殺《まっさつ》してもらったとも疑えなくはない。そうだろう？」

「ええ」

「疑わしいのは二階堂だけじゃないな。違法カジノを運営してる川辺組だって裏ビジネスのことを警察に通報されたら、困ることになる。もしかしたら、美寿々を殺したのは川辺組の関係者なのかもしれないぞ」

「歌舞伎町の違法カジノの収益《アガリ》が月に数億円もあるとしたら、摘発で潰《つぶ》されたくないでしょうね。だからといって、弁護士を始末する気になりますか」

「そこまではやらない気もするが、疑いはゼロじゃないだろう？」

「ええ、まあ」

「二階堂を調べ直すついでに、川辺組も少し洗ってみてくれないか。これから、加納瑠衣と情報屋に関するデータをポリスモードに送信するよ」

理事官が先に電話を切った。

時任はセブンスターに火を点けた。半分ほど喫ったとき、桐山理事官からメールが届いた。

加納瑠衣の顔写真も添えてあった。運転免許本部に保管されている写真データは少し不鮮明だったが、美女であることは間違いない。彫《ほ》りが深く、白人と日本人のハーフにも見える。

自宅マンションは代々木《よよぎ》にあるようだ。

情報屋の霞尚敬の顔写真は鮮明だった。自宅は新宿区下落合《しもおちあい》二丁目にあった。離婚歴があって、目下、独身らしい。霞は週刊誌、夕刊紙、民放テレビ局にさまざまな情報を売って生計を立てているようだ。警察関係者にも情報を流していると記《しる》してあった。

時任は刑事用携帯電話《ポリスモード》を上着の内ポケットに収めた。

数秒後、私物のスマートフォンが震動した。発信者を確かめると、品田だった。

「連絡が遅くなってしまったが、係長《ハンチョウ》、『中杉総合法律事務所』の調査の仕事をやってた平松謙次はとんだ喰わせ者だったよ。解雇されてから悪質な探偵社や経済マフィアの弁護を多く引き受けてる悪徳弁護士の調査をこなすようになったと思ってたんだが、ローファームで働いてるときからバイトをしてたんだ」

「そうだったんですか。捜査本部の調べは甘かったんだな」

「だと思うね。ローファームの調査が雑になるはずだよ。平松は検察事務官時代から『東西《とうざい》探偵社』と悪徳弁護士の細谷典生《ほそやのりお》、五十九歳の調査を引き受けてたんだ。金が欲しかったんだろうな」

「平松はギャンブル好きなんですか？」

「いや、賭け事は何もやっていない。クラシックカーの名車を六台、いや、七台も所有してるんだよ。六、七十年も前に製造されたヴィンテージカーを高い値で買い込んで、メンテナンスに銭を注ぎ込んでるんだ」

「平松は敷地の広い家に住んでるわけじゃなかったと思うがな」

「北区《きたく》の赤羽《あかばね》にある自宅は小住宅だよ。敷地は四十坪もないだろうね。平松は江戸川区《えどがわく》小松川《こまつがわ》の大きなガレージハウスを借りて、階下《した》のガレージに往年の名車をずらりと並べてさ、うっとりと眺めてるようだな。二階は広い３ＬＤＫの居室《きょしつ》になってるんで、月のうちの半分はガレージハウスに泊まり込んでるんだってさ」

「分不相応《ぶんふそうおう》な趣味を持ったから、元検察事務官は密かにバイトで稼ぐ必要があったわけですね。クラシックカーやヴィンテージカーの維持費とガレージハウスの家賃を払わなきゃなりませんから」

「そうだろうね。妻は呆《あき》れて、夫とはろくに口も利《き》かないそうだ。自宅近くで聞き込みもしたんだが、何人もの奥さんが異口同音《いくどうおん》に言ってたってさ。二人の子供も父親が昔の名車をコレクトしてることを快く思っていないようなんだ。平松はだいぶ稼いでるみたいなんだが、奥さんに生活費をあまり多く渡してないらしいんだよ」

「自分の趣味には金を注ぎ込んでも、家族には質素な生活をさせてるのか。それじゃ、妻子に嫌われても仕方ありませんね」

時任は言った。

「当人もそれを感じ取ってるんで、ガレージハウスに半月も泊まり込むようになってしまったんだろう。金のかかる趣味のせいで、平松は『東西探偵社』の社長に協力する形で浮気調査の日数を大幅に水増ししてるようだな」

「不倫の証拠をすでに押さえたのに、まだ裏付《ウラ》けは取れてないと依頼人に中間報告して、探偵社の社長は法外な調査費をぶったくってるんですね。それじゃ、詐欺《さぎ》だな」

「ああ、悪質だね。平松は探偵社の社長には内緒で、浮気をしている男女に不倫の事実はなかったと調査報告しといてやるから、それ相当の謝礼を払ってくれと交渉もしてるみたいなんだ」

「家庭崩壊を避けたいと願う不倫カップルは、百万か二百万の揉み消し料を払っちゃいそうだな」

「払ったカップルは少なくないんじゃないのか。平松はそうして荒稼ぎした金でクラシックカーやヴィンテージカーを購入し、悦《えつ》に入《い》ってるんだろう」

「捜査資料には、細谷弁護士のことは特に載ってなかったな。おやっさんが調べ上げたことを教えてください」

「わかった。細谷は金になる民事の揉め事をうまく和解に持ち込んで、高額な弁護費用を得てきた。企業舎弟の顧問弁護士を引き受けたことが噂になって、経済マフィアからの弁護依頼が十数年前から急増したんだ。投資詐欺、商品詐欺、手形のパクリなどで捕まった奴らの弁護を積極的に引き受けて富を築いた」

「細谷は女狂《レコ》いなんだろうか」

「若い愛人がひとりいるみたいだが、何人もの女を囲ってるわけじゃない。細谷は不動産の転売ビジネスで資産をもっと膨らませたいようだな。値上がりしそうな土地や売ビルを安く手に入れ、タイミングを計って転売して利鞘《りざや》を稼いでるんだ」

「そうですか。伊吹美寿々は平松が調査の手を抜いてることを訝《いぶか》しく感じて、私生活を調べたとは考えられないだろうか」

「係長《ハンチヨウ》、こっちもそう推測したんだよ。美人弁護士は平松が悪徳探偵社や経済マフィアの弁護をしている細谷の調査を請け負い、かなりの副収入を得てることを調べ上げたのかもしれないぞ。そうだったとしたら、平松が第三者に伊吹美寿々を始末させたとも考えられるんじゃないか」

「ええ、そうですね。おやっさん、引きつづき平松のことを調べてもらえます？」

「いいよ。係長のほうはどうだったんだい？」

品田が訊いた。時任は二階堂の動きを順序立てて話した。

「川辺組の若頭《カシラ》は女房《バシタ》が潰《つぶ》した群馬のペンションに不法滞在してる東南アジア系の女たちを監禁して、変態男どもに提供してたようなのか。美寿々が婚約破棄する前に二階堂を尾行してたんなら、大手製鉄会社のエリート社員はシロとは言い切れなくなったな」

「ええ、そうですね。桐山理事官も、二階堂は灰色だろうと言ってました。それから、伊吹美寿々が川辺組の女狩りビジネスを知ったとすれば……」

「川辺組の息のかかった奴が美人弁護士を絞め殺したとも疑えるね」

「そうなんですが、やくざは殺人罪や殺人教唆罪が重いということを知ってるはずでしょ？」

「それは骨身に沁《し》みてるだろうな。けど、違法カジノと女狩りビジネスのことを美寿々が警察に話したら、川辺組は存亡の危機に晒《さら》されることになる。組は解散に追い込まれなくても、関東義友会の第三次団体に格下げされるかもしれない」

「そうですね。そういうことを考えると、川辺組が捜査本部事件に絡んでるとも思えてくるな」

「その線も少し調べるべきだろうね。係長《ハンチョウ》は、これから二階堂の家《ヤサ》に行く気なんだ？」

「ええ、もう自宅マンションに戻ってると思いますんでね」

「単身で乗り込むのは危険だよ。二階堂の自宅は確か『エルコート千駄ヶ谷』だったな。ポンコツのカローラを飛ばして、千駄ヶ谷に向かうよ。六十過ぎのこっちはボディーガードにはならないだろうが、ひとりよりも二人のほうがいいと思うんだがね」

「おれは、シグP230Jの常時携行を特別に許可されてるんですよ。組事務所に乗り込むわけじゃないんですから、どうってことありません」

「かえって足手まといか」

「そういう意味で言ったんじゃないんですよ。おれひとりでも、大丈夫ですって」

「そうか。何かあったら、いつでも助《ス》けに行くよ」

品田がそう言い電話を切った。

時任は通話終了ボタンをタップした。数秒後、私物のスマートフォンに着信があった。時任はディスプレイに目をやった。発信者は理沙だった。

「お疲れさん！　長友翔の同僚たちから新たな手がかりは得られた？」

時任は開口一番に訊いた。

「それを期待してたんだけど、結果は……」

「虚《むな》しかったんだ？」

「そうなのよ。わたし、スーパーが閉店になってから、長友を尾けたの。ストーカー男には友人が少ないらしく、ひとりでラーメンを食べてパチンコ屋に入ったわ。それから学芸大学駅の改札口の近くに立って、若い女性を粘っこい目でずっと眺めてたのよ」

「気に入った娘《こ》に声をかけてたのか？」

「ううん、ただ黙って見てるだけだったわ。バストの大きい娘《こ》やウエストが深くくびれてる女性が改札から出てくると、助平《すけべ》ったらしくにやついてた。あいつ、セクシーなボディーをしてる娘を視姦《しかん》して暗い愉悦《ゆえつ》を味わってるんだと思うわ」

「そうなのかもしれないな。その後、長友はどうしたんだ？」

「バスで上馬《かみうま》にあるアパートに帰ったわ」

「ワンルームマンションだったのかな？」

「ううん、軽量鉄骨のアパートだったわ。だいぶ古ぼけてたから、家賃はそう高くないんじゃないかな」

理沙が答えた。

「そうか。これから下北沢《しもきたざわ》の自宅マンションに帰るんだな。もう遅いから、タクシーを拾えよ。会ったときにタクシー代を払う」

「電車でも平気よ。夜道で変な男に抱きつかれたら、金的《きんてき》蹴りを入れちゃうわ。それより、時任さんのほうは何か手がかりを摑んだの？」

「ちょっとな」

時任は経過を伝えはじめた。電話を切ったら、二階堂の自宅マンションに急ぐつもりだ。

2

部屋は暗い。

『エルコート千駄ヶ谷』の三〇二号室だ。

時任は二階堂の部屋のインターフォンを鳴らした。だが、応答はなかった。

室内は静まり返っている。居留守を使っている気配も伝わってこない。まだ帰宅していないのだろう。それとも、ＢＭＷの中に身を潜めているのか。

後者だとしたら、二階堂はドローンを飛ばしたことを川辺組の者に気づかれたかもしれないという不安にさいなまれているのではないか。

時任は身を翻《ひるがえ》し、エレベーターホールに足を向けた。一階のエントランスロビーに降り、マンションを出る。

時任は大股で月極駐車場まで歩いた。

二階堂のＢＭＷは目に留《と》まらない。二階堂は二、三日は用心して、ホテルに泊まる気になったのだろうか。

時任は月極駐車場の出入口に足を向けた。

月極駐車場に入って間もなく、見覚えのあるＢＭＷが滑り込んできた。運転しているのは、二階堂ではなかった。加納瑠衣だった。

時任は、駐《と》められているセダンとＲＶ車の間に隠れた。ＢＭＷから降りた瑠衣は、急ぎ足で二階堂のマンションに向かった。

部屋のスペアキーを預かって、二階堂の着替えや貴重品を運び出す気なのではないか。推測通りなら、二階堂は瑠衣と一緒にほとぼりが冷めるまで潜伏する気になったのだろう。時任は『エルコート千駄ヶ谷』の近くの路上に駐めたエルグランドに乗り込んで、様子を見ることにした。

瑠衣は少し前に二階堂の自宅マンションに入っていた。読みは外れていないようだ。

十数分後、瑠衣が『エルコート千駄ヶ谷』から出てきた。大きな黒いスポーツバッグを提《さ》げている。中身は、二階堂の衣類や貴重品ではないのか。

瑠衣は月極駐車場に戻った。

時任はエルグランドを低速で走らせ、月極駐車場の二十メートルほど手前の暗がりに停めた。ライトを消し、エンジンを切る。

数分が過ぎたころ、ドルフィンカラーのBMWが月極駐車場から走り出てきた。瑠衣が右のウインカーを点滅させた。

時任はテンカウントを取ってから、BMWを追尾しはじめた。

ドイツ車は数百メートル走ると、児童公園の前に停止した。瑠衣が運転席から降りた。その時、物陰から人影が現われた。二階堂だった。

瑠衣が二階堂に何か言って、助手席に乗り込んだ。二階堂が運転席に腰を沈め、BMWを発進させた。

時任はBMWを尾《つ》けはじめた。

BMWは二十分ほど走って、四谷《よつや》の高級ラブホテルの駐車場に入った。時任はラブホテルから少し離れた場所にエルグランドを停めて、手早くライトを消した。エンジンも静止させた。

時任は十五分ほど時間を遣《や》り過ごしてから、車を降りた。高級ラブホテルの一階ロビーに入る。

フロントはあったが、無人だった。客室案内パネルのランプは半分近く消えている。その部屋は、すでに客が利用しているということだ。

フロントには、ブザーがあった。時任はブザーを鳴らした。少し待つと、奥から初老の女性従業員が姿を見せた。陰気な印象を与える。

「うちはカップルのお客さんだけしかご利用できないんですよ。デートクラブの女性やデリヘル嬢も呼べません。ごめんなさいね」

「客じゃないんですよ。警視庁の者です」

時任は警察手帳を短く見せた。相手がにわかに緊張した。

「十五分ぐらい前に美男美女のカップルが入りましたよね？」

「は、はい」

「男のほうが、ある殺人事件に関与してる疑いがあるんです」

「まあ、怖い」

「その男は、警察にマークされてることに薄々《うすうす》気づいてるようなんですよ。それでね、連れの女を道連れにして無理心中を図るかもしれないんです」

時任は、でまかせを口にした。

「無理心中なんかされたら、たちまち客足が遠のくわね。困ったわ」

「まだ裁判所から逮捕状が下《お》りてませんので、ドアを蹴破って部屋に突入することはできないんです」

「ええ、そうでしょうね」

「無理心中される前に、男に任意同行に応じるよう説得してみたいんですよ。しかし、ドア越しに呼びかけたりしたら、相手はパニックに陥って連れの女性を先に絞め殺して自分も後を追うかもしれません」

「そんなことをされたら、商売上がったりだわ。オーナーは廃業する気になるでしょうね。わたし、いまの仕事をやっと見つけたの。お給料はそんなによくないんだけど、寝泊まりできる部屋を与えられてるんですよ」

「そうですか」

「もう六十近いから、いまの仕事を失ったら、雇ってくれるとこなんてないわ。わたし、熟年離婚したんですよ。ワンマンな夫に愛想が尽きて、こちらから別れたいって切り出したの。

夫に愛人がいたわけじゃないから、慰謝料の類《たぐい》も貰ってないんですよ。へそくりも数十万円だったんで、アパートも借りられなかったの。だから、住み込みで働けるところを探すほかなかったんです」

「お子さんは？」

「ひとり息子がいます。息子夫婦が一緒に暮らさないかと言ってくれたんだけど、幼い子を抱えて生活にゆとりなんかないはずだから……」

「息子さんには頼らなかったんですね。偉いな、立派です」

「でも、この年齢《とし》でひとりで生きていくのは大変よ。いまの仕事を失ったら、路上生活者《ホームレス》になるほかないわ。刑事さん、お客さんが無理心中なんかしないようにしてくれませんか」

「男を説得してみましょう。二人が利用してるのは何号室なんです？」

「五〇一号室です」

「マスターキーを貸してもらえますね」

「わたしの一存では決められません。オーナーに相談してみます。すぐに電話をしてみますよ」

「こうしてるうちに、男は連れの女性を手にかけてしまうかもしれないな」

「でも、ここはビジネスホテルではないんです。カップルはもうベッドで……」

ホテル従業員が難色を示した。

「情事に耽《ふけ》ってるとは限りませんよ。男が無理心中する決意をしてたら、もうじき連れを何らかの方法で殺害するんじゃないかな」

「そ、そんなことになったら、オーナーもわたしも迷惑です」

「ええ、そうですよね」

「いま、マスターキーを取ってきます」

初老の女性が焦《あせ》った表情で言い、奥に引っ込んだ。

時任は強引な手を使ったことは自覚していたが、それほど後ろめたさは感じなかった。多くの一般市民に迷惑をかける反則技ではなかったはずだ。

「なんとか五〇一号室の男性を説得してくださいね」

奥から戻ってきた従業員が言って、マスターキーを差し出した。

「あなたに立ち会ってもらったほうがいいんだが、どうされます？」

「わたしは一階にいます。もしも男性がお連れの方を殺害してたら、大きな声を出してしまいそうですから」

「それじゃ、お借りします」

時任はマスターキーを受け取って、エレベーター乗り場に急いだ。函《ケージ》の中でサングラスをかけ、ラテックスのゴム手袋を両手に嵌める。

時任は、マスターキーに付着した自分の指紋と掌紋を神経質に拭《ぬぐ》った。拭い終えたとき、ケージが五階に達した。

時任はケージから出て、五〇一号室に歩み寄った。ドアに耳を近づけると、女のなまめかしい喘《あえ》ぎ声がかすかに聞こえた。どうやら二階堂は、加納瑠衣の柔肌《やわはだ》を貪《むさぼ》っているようだ。

時任はマスターキーを使って、五〇一号室のドア・ロックを解除した。ドアを少しずつ開け、部屋の中に入る。

正面にラブチェアが据《す》えられ、右手に巨大なベッドが置かれている。まだカップルの姿は見えない。湿った音と女の淫《みだ》らな呻き声が耳に届くだけだった。

時任は土足で前に進んだ。

ベッドの上にいる二人は素っ裸だった。二階堂は瑠衣の両脚をM字形に開かせ、その間に腹這いになって秘めやかな場所を舐《な》め上げていた。瑠衣は自分の乳房をまさぐりながら、顎をのけ反《ぞ》らせている。閉じた瞼《まぶた》の陰影が濃い。

時任は腰からテイザーガンを引き抜き、砲弾型電極を二階堂の臀部《でんぶ》に撃ち込んだ。十秒ほど強力な電流を送ると、二階堂は唸《うな》ってフラットシーツの上に転がった。

「誰なの!?」

瑠衣が跳《は》ね起き、両腕を交差させて胸の隆起を隠した。

「二階堂と同じ目に遭《あ》いたくなかったら、おとなしくしてるんだな」

「持ってる物は高圧電流銃《スタンガン》なんでしょ？」

「普通のスタンガンじゃない。五万ボルトの電流をずっと送れるテイザーガンだよ」

「わたしに高圧電流を浴びせないでちょうだい」

「おとなしくしてれば、荒っぽいことはしないよ。とりあえず、何かまとってくれ」

時任は命じた。瑠衣がベッドの下から白いバスローブを摑み上げ、素肌に羽織った。

「おたくは何者なんだ？」

二階堂が肘《ひじ》を使って、上体を起こした。

「世間の奴らは、おれをブラックジャーナリストとか恐喝屋と呼んでるようだな」

「ぼくは別に悪いことなんかしてない。いいえ、してませんよ」

「そっちが会社の下請け業者から、キックバックを貰ってることはわかってる」

「えっ⁉」

「たかってるのは『東都金属加工』と『オリエンタル製鋼』の二社だけじゃないんだろうがっ。欠勤してキックバックの集金に回ったよな？」

「ぼくには身に覚えがないな」

「しらばっくれても無駄だよ。こっちは、そっちがキックバックを受け取ったシーンを見てるんだ。西新宿から池袋に行き、さらに大塚に回ったな？」

「なんの話かわからないよ」

「ふざけるなっ」

時任は薄く笑って、またテイザーガンの引き金を絞った。放った砲弾型電極は、二階堂の腹部にめり込んだ。

二階堂は全身を痙攣《けいれん》させながら、ベッドにふたたび倒れ込んだ。

「何回も高圧電流を浴びせたら、二階堂さんは死んじゃうんじゃない？」

瑠衣が心配顔で言った。

「運が悪けりゃ、くたばるだろうな。現にアメリカで銀行強盗をやった男は駆けつけた警官に一分ほどテイザーガンの高圧電流を送られて、その場でショック死してしまったからな」

「もうテイザーガンは使わないで」

「あんまり苦しめるのも残酷か。なら、こっちの質問にちゃんと答えなかったら、ひと思いに撃ち殺すか」

時任はテイザーガンを腰に戻し、ショルダーホルスターからシグP230Jを引き抜いた。

「そのピストルは、モデルガンじゃないみたいね」

「真正銃《しんせいじゆう》だよ。まだ信じられないって顔してるな。なら、そっちのむっちりとした太腿《ふともも》に一発ぶち込んでやるか」

「やめて、撃たないで！」

瑠衣が震え声で叫んだ。

二階堂がのろのろ半身を起こした。ペニスは縮こまっている。時任の視線を感じたのか、二階堂が床の茶色いバスローブを掬《すく》い上げた。すぐに袖に腕を通して、襟元を掻《か》き合わせる。

時任は身を屈《かが》め、ベッドの下の掛け蒲団《ぶとん》を掴み上げた。それで銃身を包み込む。

「こうすれば、銃声はだいぶ殺せるんだよ」

「撃つ気なのか⁉」

「そっちが質問をはぐらかすようだったら、迷わずに引き金《トリガー》を絞る」

「頼むから、撃たないでくれ。訊かれたことには素直に答えるよ」

「いい心掛けだ。そっちは藤堂俊という偽名を使って、歌舞伎町の興和ビルの地階にある違法カジノに通ってた。その違法カジノを仕切ってるのは関東義友会川辺組だ。まず、そのことから喋ってもらおうか」

「………」

「撃たれてもいいって気持ちになったようだな」

「違う！　そうじゃありません」

「どうなんだっ」

「おたくの言った通りです」

「ルーレットやカードゲームの負けが込んで、借りつづけたチップ代が知らないうちに高額になってしまった。自分の貯えだけでは借金をきれいにできないんで、会社の下請け業者にたかるようになったんじゃないのか？」

「それは……」

二階堂が口ごもった。

「それじゃ、答えになってない。目をつぶって、奥歯を嚙みしめろ。片腕を撃つ！」

「や、やめてくれーっ。そうです」

「総額でどのくらいのキックバックをせしめたんだ？」

「七百万円弱です。少しずつ会社の下請け業者には返済しますので、そのことには目をつぶっていただけませんか」

「そうはいかない」

時任は言葉を切って、瑠衣に顔を向けた。

「そっちは以前、川辺組の久米って若頭《カシラ》の世話になってたんだよな。それで、歌舞伎町の違法カジノでディーラーをやるようになったんだろう？」

「そんなことまで知ってるの⁉」

瑠衣が驚きの声をあげた。

「久米はそっちを愛人にしてることを妻に知られると、うろたえてしまった。それで、そっちから遠ざかった。ちゃんとした手切れ金を貰えなかったことで、そっちは久米を恨んでたんじゃないのか？」

「恨むってほどじゃないけど、別れ方がスマートじゃないと思ってたわ」

「そんなときにイケメンの二階堂に甘いことを言われたんで、ついいかさま《サマ》の手口を教えてしまった。それによって、二階堂はルーレット、ポーカー、ブラックジャックでめったに負けなくなった。そのことを川辺組の奴らに怪しまれると、危《ヤバ》いことになるよな？」

「わたし、確かにディーラーのひとりよ。いかさまをやってたことは否定しないわ。でもね、ベテランじゃないから、いかさまの手口はよく知らないの。本当よ」

「おれに嘘は通用しないぞ。女を撃つことは気が重いが、仕方ないな」

「二階堂さん、何か言ってよ。わたし、あなたに協力してきたじゃないのっ。恩義を感じてるんだったら、なんとかしてちょうだい」

「瑠衣を撃たないでください。ぼくがいかさまの手口を強引に教えてもらったんですよ。おかげで、めったにマイナスになることはなくなりました」

二階堂が澱《よど》みなく喋った。観念した顔つきだった。

「やっぱり、そうだったか。ところで、そっちは元フィアンセの伊吹美寿々に婚約解消をされた。それは婚約後も、桜庭葉月、須賀亜由、浜中七海の三人とこっそりつき合ってたんで、美人弁護士に愛想を尽かされたせいだった。どこか間違ってるか？」

「おたく、本当にブラックジャーナリストなの？　ただの恐喝屋とは思えなくなってきました」

「おれの質問に答えるだけにしろ」

時任は声を張った。

「わ、わかりました」

「伊吹美寿々は、そっちが女にだらしがない上に違法カジノに入り浸《びた》ってることだけじゃなく、会社の下請け業者にキックバックを要求してたことも知ってたのかもしれないな。だから、そっちはアリバイ工作して誰かに元婚約者を殺《や》らせたんじゃないのか？」

「ぼくは絶対に美寿々の事件には絡んでない」

「そうかな。伊吹美寿々は婚約を破棄する前、そっちを尾行して違法カジノに出入りしてることを知ったと思われるんだよ。美寿々がそっちの不正を告発したら、どうなる？　そっちは勤め先を解雇され、前科者になってしまうよな。つまり、そっちには美人弁護士殺害の動機はあるってわけだ」

「本当に美寿々の事件にはタッチしてないんですよ。それだけは、どうか信じてください」

「その言葉を鵜呑《うの》みにはできないな」

「な、なぜなんです？」

二階堂が問いかけてきた。

「そっちが抜け目のない人間だからさ」

「抜け目がない？」

「ああ、そうだ。そっちは加納瑠衣から違法カジノのいかさまの手口を教えてもらったことがバレたときの対抗策を講じたくて、きょう浅間山の麓にある廃業したペンションの上空にドローンを飛ばしたんだろうが！」

「ぼくの車を尾行してたんだな」

「そうだ。元ペンションの経営者は、川辺組の若頭の妻の久米佳奈だ。夫の久米忠は売れない元ペンションを利用しない手はないと考え、組員に不法滞在してる東南アジア系の若い女性たちを拉致させて監禁し、金に余裕のあるサディストどもに〝暴虐遊戯〟をやらせてた。もちろん、高いプレイ代を取ってな」

「そっちはドローンのカメラで女狩りゲームを動画撮影してたんだが、川辺組の構成員らしき奴に散弾銃で撃ち落とされてしまった。だから、慌ててドルフィンカラーのBMWで逃げた。川辺組の危《ヤバ》い裏ビジネスの証拠を握れば、切札に使えると思ったんだろうな。図星だろうが！」

「………」

「降参です。いかさまの手口を瑠衣から教えてもらったことで若頭の久米に脅迫されたら、群馬で行われてるダーティー・ビジネスのことを持ち出して切り抜けるつもりだったんです。でも、久米の手下にドローンを飛ばしたことを覚《さと》られたかもしれないと思ったんで、瑠衣と二、三日潜伏して様子をうかがうことにしたんですよ」

「読み通りだったな。女狩りビジネスは若頭《カシラ》の個人的なシノギなのか？　それとも、川辺組のシノギなのかな」

「そのへんはわかりませんけど、男の会員は百人前後いるみたいですよ。首都圏の各地から引っさらわれた東南アジア系の女たちも五十人程度はいるんじゃないかな」

「川辺組長か久米若頭が伊吹美寿々に組の裏ビジネスを知られたんで、美人弁護士を始末したとは考えられない？」

「ぼくは美寿々の事件には関わっていませんから、そういう疑いはなきにしもあらずですよね」

「だな。そっちとディーラーの彼女には、こっちのスパイになってもらう」

「ぼくらにスパイになれですって⁉」

「そうだ。川辺組の誰かが伊吹美寿々の死に絡んでるかどうか、二人で探ってくれ。おれの指示に従わなかったら、いかさまの手口を瑠衣から聞き出したことを久米忠に密告するぞ」

「そ、そんな……」

「何らかの方法で連絡するよ。ムードを壊したが、前戯からやり直してやれ」

時任は二階堂を茶化して、五〇一号室を出た。

3

チェックアウトの時刻が迫った。

だが、二階堂のBMWは渋谷の公園通りに面したシティホテルの地下駐車場に置かれたままだった。前夜、二階堂と瑠衣は四谷の高級ラブホテルから、当ホテルに移ったのである。部屋は六〇六号室だった。

時任はそれを見届けてから、恵比寿《えびす》の自宅マンションに戻った。そして、今朝九時過ぎにエルグランドごと当ホテルの地下駐車場に潜ったのだ。

午前十一時を過ぎても、二階堂たち二人は地下駐車場に降りてこない。ホテルに連泊する気なのだろう。

昨晩、時任は二階堂と瑠衣にスパイになれと威《おど》した。その命令に逆らえば、大手製鉄会社のエリート社員は川辺組の者たちに命を狙われることになるかもしれない。

二階堂は脅迫に屈して、瑠衣とともに命じられたことに従うだろう。時任はそう判断し、二人の動きを探ることにしたわけだ。

二階堂か瑠衣が川辺組の弱みを摑んでくれたら、それを切札にして若頭の久米に迫ることができる。時任は、そう段取りをつけていた。

私物のスマートフォンが震えたのは、午前十一時四十分ごろだった。ディスプレイを見て、発信者を確認する。品田だった。

「係長《ハンチヨウ》、平松謙次は小松川のガレージハウスで九時前からクラシックカーやヴィンテージカーを磨いてる。まるで女の肌を撫《な》でるような感じで、ワックスを塗ってたな」

「きょうは調査の仕事はオフなんですかね？」

「多分、そうなんだろう。平松がどこにも出かけないとしたら、大きな収穫は得られそうもないな」

「多分ね。おやっさん、適当に張り込みを切り上げて本業をこなしてくださいよ」

「浮気調査を断ったから、時間はたっぷりあるんだ。金になる依頼を断りつづけてるんで、妻には苦労させてるがね」

「そういう話を聞くと、密行捜査の手伝いをしてもらってることが申し訳なくなってくるな」

「気を遣《つか》わないでくれないか。事務所の経費とこっちの小遣い程度はちゃんと稼ぎ出してる。聡子には数万円のパート代しか払ってやれないがね」

「一件につき二、三十万円の捜査協力費は渡せますよ。おやっさん、受け取ってください」

「そういう話は、本当になしにしてくれないか。好きで係長《ハンチョウ》の手伝いをして、現職のころの気分を味わわせてもらってるんだから。それで、充分だよ。美人犯罪ジャーナリストも、こっちと同じ気持ちなんだろう」

「二人に甘えつづけてもいいんだろうか」

「いいんだよ。それより、係長のほうに何か進展はあった？」

「ええ、少しばかりね」

時任は、きのうのことをつぶさに話した。

「二階堂宗太は、シロと再確認してもよさそうだな。伊吹美寿々が川辺組のダーティー・ビジネスのことを知った可能性もあるから、二階堂と加納瑠衣にスパイ行為を強《し》いたのはいい作戦だと思うよ。けど、どうなんだろうか。川辺組長が若頭の久米か誰かに美寿々を始末させたのかね」

「二人に犯行動機がないわけじゃないが、どっちも殺人教唆《きょうさ》罪で長期刑を喰らいたくないと思ってるはずだ。だから、クロではない気もしてるんです」

「しかし、シロとも言い切れないやね？」

「そうなんですよね。だから、二階堂と加納瑠衣をスパイに仕立てる気になったんです」

「そういうことだったのか。係長《ハンチョウ》、二階堂たち二人が命令に背《そむ》いて逃げちまうとは考えられないかね？」

「それはないと思います。二階堂はいかさま《サマ》の手口を瑠衣に教えてもらったことは否定しなかったんです。そのことを川辺組の者に密告されたら、危《ヤバ》いことになるでしょ？」

「そうだな。二階堂と瑠衣の二人は消されることになるかもしれない。係長に協力しそうだね」

「ええ、そうなるでしょう」

「平松に動きがあったら、すぐに教えるよ」

品田が電話を切った。

数秒後、今度は寺尾理沙から連絡があった。

「長友翔は職場のスーパーで、せっせと品出しに励んでるわ。自分で書いたらしいポップを目立つ場所に立てて、満足そうに眺めたりしてた」

「そうか」

「でも、二、三十代の女性が店に入ってくると、必ず卑猥《ひわい》な目つきで胸やお尻を見るの。長友の執着心は半端《はんぱ》じゃない感じね。妄想癖《もうそうへき》もあるんで、捜査本部事件の被害者とは一時、恋仲だったと思い込んでたんじゃないのかしら？」

「そうなんだろうか」

「長友がそうした妄想に取り憑《つ》かれてたとしたら、アリバイ工作をして犯行に及んだ疑いはありそうだけど、実行犯を買って出てくれる知人もいなさそうだし……」

「おまえさんの心証では、長友はシロっぽいんだな？」

「ええ、そうね。でも、わからないわ。妄想から、喋ったこともない女子大生を刺し殺したストーカーもいたから」

「そんな事案が過去にあったな」

「時任さんは何か摑めたの？」

「二階堂はシロと考えてもいいと思うよ」

時任はそう前置きして、前夜からの経過を伝えた。

「美人弁護士は二階堂に不信感を覚えて尾行し、歌舞伎町の違法カジノのことを知ったのよね？」

「そう。だが、伊吹美寿々が川辺組が〝暴虐遊戯〟をビジネスにしてることまで調べ上げたかどうかは未確認なんだ」

「不法滞在してる東南アジア系の女性たちを元ペンションに監禁してサディストどもに嬲《なぶ》らせてる事実を知ったら、正義感の強い伊吹美寿々はすぐに警察に届けたんじゃないのかな。そう考えると、女狩りをさせて変態男たちから高いプレイ代を取ってた裏ビジネスのことは知らなかったんじゃない？」

「そう考えるべきだろうか」

「でも、川辺組のほうは美人弁護士に裏ビジネスの数々を知られてしまったと早合点《はやがてん》したとも考えられるんじゃないの？　そうだったとしたら、川辺組長か若頭の久米が下っ端の組員に二月四日の夜、犯行《ヤマ》を踏ませたのかもしれないわね」

「そうだな。伯父さんから川辺組の裏ビジネスに関する情報を集めてもらってくれないか。正確な数はわからないが、拉致された東南アジア系の女たちは浅間山麓《さんろく》の元ペンションから別の所に移されて、いまもサディスト野郎たちに弄《もてあそ》ばれてるんだろう」

「おそらく、そうなんでしょうね。時任さん、その彼女たちを早く救い出してあげようよ」

「当然、そのつもりだったよ」

「わたし、すぐに伯父に情報を集めてもらうわ」

「頼むな」

「品田のお父さんは何か摑んだのかしら？」

「いや、特に手がかりは得ていないらしい。朝早くから平松が借りてる小松川のガレージハウスに張りついてくれたようだが、対象者《マルタイ》はきょうは仕事がないらしく、クラシックカーやヴィンテージカーをせっせと磨いてるそうだよ」

「そうなの。平松は『中杉総合法律事務所』の専属調査員でありながら、いろいろ悪さを重ねてたというんだから、灰色と見たほうがいいと思うわ」

理沙がそう言い、通話を切り上げた。

時任は私物のスマートフォンを所定のポケットに収め、張り込みを続行した。加納瑠衣がひとりで地下駐車場に降りてきたのは午後一時半過ぎだった。

瑠衣は二階堂のＢＭＷに乗り込むと、すぐに発進させた。時任は少し間《ま》を取ってから、エルグランドを走らせはじめた。

ＢＭＷはシティホテルを出ると、ＮＨＫを回り込んで明治通りを直進しつづけた。時任は細心の注意を払いながら、ドイツ車を追った。

やがて、ＢＭＷは西武《せいぶ》新宿駅に隣接するホテルの地下駐車場に潜り込んだ。時任は倣《なら》った。

瑠衣は車をエレベーター乗り場の近くに駐《と》め、函《ケージ》に乗り込んだ。

エレベーターは三基ある。時任は瑠衣が乗ったケージが一階で停止したのを見届け、自分も別のエレベーターで一階のロビーに上がった。

瑠衣はフロントでカードキーを受け取っていた。かつてのパトロンの久米忠に抱かれ、ダーティーな裏ビジネスのことを探り出すつもりなのだろう。

瑠衣がフロントを離れ、エレベーター乗り場に向かった。時任は瑠衣が函《ケージ》の中に入ってから、フロントに歩《ほ》を進めた。

警察手帳をフロントマンに呈示し、少し前にカードキーを受け取った女性の部屋番号を訊く。フロントマンは少し迷いを見せたが、瑠衣が九〇一号室に向かったことを明かした。

時任はフロントマンに謝意を表し、エレベーターで九階に上がった。エレベーターホールには防犯カメラが設置されていたが、通路にレンズは向けられていない。好都合だ。

時任は九〇一号室の前で足を止め、耳をそばだてた。室内から話し声は聞こえてこない。

瑠衣が先に部屋に入り、久米を待つことになっているのだろう。

時任は非常口の手前まで進み、死角になる場所に身を潜めた。

かすかだが、エレベーターの扉の開閉音が耳に届く。時任は開閉音が響くまで、通路を覗くことは慎《つつし》んだ。

ケージから誰かが降りたのは十六、七分後だった。予想通りだ。

時任は物陰から顔を半分だけ突き出した。九〇一号室のチャイムを鳴らしたのは、関東義友会川辺組の若頭だった。久米忠は、すぐ室内に消えた。時任は足早に九〇一号室に近づき、片方の耳をドアに押し当てた。

すると、男女の会話が伝わってきた。

「瑠衣から電話があったんで、びっくりしたぜ。おまえとはきれいに別れなかったんで、ずっと気になってたんだ。元気にしてたか？」

「ええ、なんとかかね。奥さんにわたしが電話したこと、バレなかった？」

「ああ、大丈夫だよ。いまごろ遅いと言われそうだが、組の企業舎弟《フロント》が振り出した預金小切手を持ってきてやった。額面は三百万と多くはねえけど、何か好きな物を買えや」

「ありがとう。助かるわ」

「この預手《よて》はどこの銀行でも、必ず現金化できる。それにしても、どういう風の吹き回しなんだい？　どうしてもすぐにおれに会いたいなんてさ」

「あなたと別れてから、わたし、ずっと男っ気がなかったの」

「本当かい？　カジノの客たちに口説かれて、おれの体なんか忘れちまったと思ってたがな」

「あなたとのセックスはいつも強烈だったから、忘れるわけないでしょう。総身彫りの刺青《いれずみ》を入れてる逞《たくま》しい体つきの男性《ひと》に突きまくられると、いかにも姦《や》られてるって感じがして子宮が疼《うず》いちゃうの」

「瑠衣、それだけじゃねえんだろ？」

「え？」

「おまえは大事なとこと尻《けつ》の穴に覚醒剤《シャブ》を塗りつけてやると、狂ったように乱れたからな」

「だって、感じ方がとっても鋭くなっちゃうんだもの」

「ぐふふ。おれに抱かれたくなったんじゃねえかと思ったんで、一応、小袋《パケ》を三つ持ってきた」

「なら、わたし、燃えちゃう」

「おれもおまえとナニするのは本当に久しぶりだな」

「そうね」

「瑠衣、先にシャワーを浴びてきな」

「はーい」

瑠衣が間延びした声で応じ、バスルームに向かう気配がした。

時任は九〇一号室から離れた。情事は二時間前後はつづきそうだ。時任は室内に躍《おど》り込みたい気持ちを抑えて、エレベーターホールに向かった。

自分が刑事であることを明かしても、筋金入りのやくざは裏ビジネスについて素直に白状するとは思えない。東南アジア系の女性たちの監禁場所を突きとめることが何よりも大事だ。サディスティックな遊戯にのめり込んでいる客たちのリストも手に入れたかった。

時任はエレベーターで地下駐車場まで下った。

エルグランドの運転席に入り、瑠衣が地下駐車場に降りてくるのを待つ。時間の流れは妙に遅く感じられた。

二時間が経過しても、瑠衣は姿を見せない。ドラッグ・セックスで深い悦楽《えつらく》を知ってしまった男女は、その味が忘れられなくなると言われている。いまごろ瑠衣は快感地獄で悶《もだ》えているのかもしれない。

懐で刑事用携帯電話《ポリスモード》が着信音を発したのは、午後四時数分前だった。時任はポリスモードを摑み出した。発信者は桐山理事官だった。

時任は自宅マンションを出る前に理事官に前夜の経過を電話で報告し、きょうの予定も伝えてあった。

「二階堂か加納瑠衣が川辺組に探りを入れている様子はうかがえたのかな？」

「瑠衣のほうが若頭の久米に接触しました」

「ほう、そうか。もっと詳しいことを教えてくれないか」

桐山が促《うなが》した。時任は経緯を喋った。

「女のほうが度胸が据《す》わってるね。切れたパトロンを大胆にも誘い込むとは思わなかったよ。若頭の周辺をこそこそ嗅《か》ぎ回るよりも、自分の肉体を餌《えさ》にしたほうが効果があると踏んだんだろう」

「そうなんでしょうね。かつての愛人《レコ》と狂おしく交わることで、久米の警戒心も緩《ゆる》みそうだな。案外、若頭は女狩りビジネスのことをすらすらと喋るかもしれません」

「そうなら、捜査が進むね。きみは二階堂はシロだという感触を得たと言ってたが、川辺組長か久米忠が美人弁護士殺しに関与しているんだろうか」

「正直言って、まだ読めません。伊吹美寿々が女狩りビジネスまで調べ上げてたとしたら、組長か若頭が絞殺事件にタッチしてる疑いはあるでしょう」

「そうだろうね」

「しかし、美寿々は捜査機関の人間ではありませんでした。婚約していた二階堂が川辺組が管理してる違法カジノにちょくちょく通ってたことを知っても、ほかの裏ビジネスのことまで調べる気になりますかね？」

「普通は、そこまですることはないだろう。しかし、正義感の強い人間なら、捜査権はなくても川辺組の非合法ビジネスのことを調べるんではないかな」

「そうなら、川辺組の関係者をシロと判断するのは早計なんでしょうね」

「だろうな。伊吹美寿々が違法カジノ以外のダーティー・ビジネスのことを探ってないとしたら、組長も若頭も捜査本部事件には絡んでないと判断してもいいんだろう」

「ええ、そうですね」

「時任君、平松と長友には二人の協力者が張りついてくれているんだったね。どっちかに気になる動きがあったんだろうか」

桐山が問いかけてきた。

時任は訊かれたことに手短に答えた。

「平松謙次は喰わせ者だから、ほかに大それた悪事を働いてるかもしれないぞ。そのことを伊吹美寿々が知ったとしたら、警察に通報しそうだね」

「同じローファームで働いてた調査員だったとしても、悪事に目をつぶったりはしないでしょう」

「そう考えると、平松はグレイだな」

「ええ、真っ白ではないですよね」

「スーパー店員の長友翔はストーカー行為で都の迷惑防止条例に引っかかった薄気味悪い奴だが、殺人に走ったりはしないんじゃないか。社交下手《べた》なんだろうから、知り合いを実行犯にしたとは考えにくい」

「こっちもそう思ってるんですが、妄想に取り憑《つ》かれたストーカーが、想いを寄せた相手が背信行為をしたと勝手に考えて刺殺した事案もありますので……」

「まだ長友をシロと再確認するわけにはいかないか」

「そうですね」

「思いのほか厄介《やっかい》な事件なんだろうな。大変だろうが、時任君、頼りにしてるぞ」

桐山理事官が通話を切り上げた。

時任はポリスモードを懐に突っ込み、瑠衣を待ちつづけた。待つだけの時間はひどく退屈だった。

それでも、時任は根気強く待った。

瑠衣が地下駐車場に降りてきたのは午後六時半過ぎだった。顔を上気させている。情事の名残で、まだ全身が火照《ほて》っているようだ。

瑠衣がＢＭＷを走らせはじめた。ドイツ車がスロープを登り切ってから、時任はエルグランドを走路にだした。

ホテルの駐車場を出ると、職安《しょくあん》通りをたどって明治通りに乗り入れた。渋谷方面に向かっている。二階堂の待つ部屋に戻るつもりなのだろう。

時任は二台のセダンを挟んで、ＢＭＷを尾《つ》けつづけた。

4

ドイツ車が渋谷の公園通りに入った。

予想は外れなかった。時任はエルグランドの速度を落とした。

ＢＭＷがシティホテルの地下駐車場のスロープを下っていった。時任も車を地下駐車場に潜らせた。

瑠衣は二階堂の車を空いているスペースに駐めた。時任はエルグランドをＢＭＷから少し離れた所に納め、そっと運転席から出た。

瑠衣がＢＭＷから降り、エレベーター乗り場に向かった。

あたりに人影は見当たらない。時任は瑠衣に駆け寄った。瑠衣が振り返る。

「あ、あなたは……」

「久米とのドラッグ・セックスはどうだった？」

「わたしをこのホテルから尾けてたのね」

「そういうことだ。西武新宿駅に隣接してるホテルの九〇一号室のドアに耳を当てて、そっちと久米忠の遣り取りを聞かせてもらった。久米が持参した三パケは使い切ったんだろうな。長く待たされたからさ」

「まいったなあ」

「どうなんだ？」

「ええ、使い切ったわ。腰が抜けそうになったわね。でも、昔の彼に抱かれたことは二階堂さんには内緒にしといてください」

「見抜かれてしまうと思うが、黙っててやろう」

「二階堂さんを裏切りたくなかったんだけど、ああでもしなかったら、久米さんから裏ビジネスのことを聞き出せないと思ったの」

「しばらくぶりに覚醒剤《シャブ》を性感帯に塗りつけて、燃えたいという気持ちもあったんだろうが。え？」

時任はからかった。

「うん、少しはね。ドラッグ・セックスは最高なのよ。やだ、わたし、何を言ってるのかしら」

「で、肝心なことは聞き出せたのか？」

「ええ、うまく探り出したわ。久米さんは女狩りビジネスを思いついて、川辺組長に相談したんだって。そしたら、組長はすぐに乗り気になったらしいわ」

「オーバーステイしている東南アジア人の若い女たちを拉致して、浅間山麓の元ペンションに監禁するようになったのは何年前からなんだ？」

「二年半ぐらい前から、組の若い衆たちにタイ、ベトナム、ラオス、インドネシア、フィリピン出身の女性を拉致させるようになったみたい。客の男たちは、久米さんが集めたんだって。どの客も小金《こがね》を持ってるんで、一千万円の入会金は一括払いしてくれたそうよ」

「〝暴虐遊戯〟のプレイ代は一回いくらなんだ？」

「五十万円だって。獲物の数が多いときは客は狙った相手に何発ゴム弾を当ててもいいらしいの。それで、庭でのセックスを娯《たの》しめるそうよ。獲物の数が少ないときは、ジャンケンで勝った客にセックスの優先権があるらしいの」

「ハードな嬲り方をして、獲物にされた女たちを殺しちゃったこともありそうだな」

「十数人、死んでしまったみたいよ」

「死んだ女たちは、元ペンションの近くの山か森の中に埋められたのか？」

「わたしもそう思ったんだけど、硫酸クロムの液槽《えきそう》に投げ込んで骨だけにしちゃうんだって。三、四十分で、肉、内臓、髪の毛なんかは溶けてしまうそうよ。骨はハンマーで細かく砕いてパウダーにしてから、群馬県内の山林の土の中に埋めてるらしいわ」

「銭を手っ取り早く稼ぎたかったんだろうが、人間とは思えない蛮行《ばんこう》だな」

「ちょっとひどいわよね」

「いや、ちょっとどころじゃないよ。不法滞在してる外国人の何割かが偽造パスポートで日本に入国してる。だから、嬲り殺されたアジア系の外国人女性の本名や年齢を割り出すことは難しい」

「そうなんでしょうね。だから、久米さんたちは警察に怪しまれたことは一度もないそうよ」

「女狩りビジネスで、これまでにどのぐらい稼いできたのか聞き出せた？」

「探りを入れてみたんだけど、そのことは教えてくれなかったわ。それから、サディスティックなプレイをしてる客たちが何人いるかも聞き出せなかったの。でも、客の中には幾人か著名人がいるみたいなことを言ってたわ」

「そうか。川辺組は、そうした有名人が女狩りに飽《あ》きて遠ざかったりしたら、多額の口止め料を脅し取る気なんだろうな」

「やくざなんだから、それぐらいのことはやるでしょうね」

「久米は女狩りビジネスの収益《アガリ》の何割かを組に納めてるんだろう？」

「組に二割、関東義友会本部に一割の上納金を年末に渡してると言ってたわ。彼は、久米さんは何億円も儲けたんだろうから、もっと手切れ金を貰えばよかったわ」

「新宿のホテルで、久米から企業舎弟《フロント》が振り出した預金小切手を貰ったよな？」

「そこまで知られちゃってるわけか」

瑠衣が欧米人のように両手を拡《ひろ》げ、肩を竦《すく》めた。

「二階堂には黙っててやるよ」

「ありがとう。あなたに何らかの形でお礼をしなくちゃね」

「この駐車場の隅で、立位でナニさせてもらうか」

「本気なの？　あなたがそうしたいんだったら、わたしはかまわないけど」

「尻が軽いな。冗談だよ。ところで、川辺組の奴らは元ペンションの真上でドローンを旋回させたのが二階堂だと気づいた様子だった？」

「久米さんは、二階堂さんが歌舞伎町のカジノで勝ちつづけてることを支配人から報告を受けて知ってたわ。ディーラーの誰かがいかさま《サマ》の手口を二階堂さんに教えたんじゃないかと言ったときは、わたし、心臓が止まりそうになったわ」

「久米は、そっちに鎌をかけたんだろう」

「わたしも一瞬、そう思ったのよ。でも、久米さんはわたしを怪しんでる感じじゃなかったわ。別のディーラーが二階堂さんにサマの手口を教えたと睨んでるようだったわね」

「そうか。話を戻すが、元ペンションに閉じ込められてた東南アジア系の女たちはどこに移されたのかな。探りを入れてくれたんだろう？」

時任は訊いた。

「うん、さりげなくね。だけど、若頭《カシラ》はそのことに関しては何も教えてくれなかったわ」

「本当だな？」

「わたし、嘘なんかついてない。信じてよ」

「わかった。おれが久米に直《じか》に訊く」

「久米さんは、たいがい二人のボディーガードを連れ歩いてるのよ。どっちも武道を心得てる若い衆だから、たやすく生け捕りになんかできないと思うわ。わたしに会いに来たときは、ひとりでホテルを訪れるわけだけど」

「なら、そっちを囮《おとり》に使うか」

「やめてよ。久米さんに怪しまれたら、わたし、殺されちゃうかもしれない」

「安心しろ。二階堂を囮にするつもりなんだ。大手製鉄会社のエリート社員に女狩りビジネスを恐喝材料にさせ、口止め料を要求させようと思ってる」

「ええっ⁉」

「久米が脅迫に屈して口止め料を払うわけはないだろうが、二階堂には会う気になるはずだ。そして、組員の誰かに二階堂の口を封じさせるだろうな」

「わたし、二階堂さんとしばらく交際する気でいるのよ。結婚はしてもらえないだろうけど、彼女でいたいの。二階堂さんが好きになったから、いかさま《サマ》の手口を細かく教えてあげたのよ。彼が若頭《カシラ》の手下に殺されたりしたら、わたし……」

「二階堂は囮に使うだけだよ。久米忠が指定した場所に現われたら、二階堂は逃がしてやるよ」

「本当にそうしてくれる？」

「ああ、約束してもいい。一緒に六〇六号室に上がって、二階堂に久米に脅迫電話をかけさせる。さ、行こう」

「わかったわ」

瑠衣が体を反転させた。時任は瑠衣とエレベーターで六階に上がった。

「部屋のチャイムを鳴らしてくれ」

「ええ」

瑠衣が指示に従った。六〇六号室からは何も応答がなかった。

瑠衣がドアのノブに手を掛けた。

「ロックされてないわ」

「ドアを開けてくれ」

時任は部屋のドアを瑠衣に開けさせ、先に入室させた。ソファセットの位置が大きくずれている。スポーツバッグの中身が床に散乱し、室内は静まり返っていた。

少し遅れて六〇六号室に入った瑠衣が、大声で二階堂に呼びかける。だが、返事はなかった。時任は二台のベッドの向こう側まで歩いた。

しかし、二階堂はフロアに倒れ込んではいなかった。久米の配下の者に連れ去られたようだ。

「部屋が荒らされてるから、きっと二階堂さんは拉致されたんだわ。浅間山麓でドローンを飛ばしたことを川辺組の人に勘づかれてしまったんじゃない？」

「ああ、おそらくな。久米が組の若い者に二階堂を拉致させたんだろう」

「若頭《カシラ》は、二階堂さんを舎弟《もん》の誰かに始末させる気でいるんじゃないかしら？」

「そうなのかもしれない」

時任は喋っている途中で、ベッドとベッドの間に置かれたテーブルの上にスマートフォンが載っていることに気づいた。ベッドの間を抜け、スマートフォンを掴み上げる。

「このスマホは二階堂の物だな？」

「ええ、そうよ。彼はいつもスマホを持ち歩いてたから、やっぱり拉致されたんだと思うわ」

「久米のスマホのナンバーを教えてくれ」

「あなた、何を考えてるの？」

「二階堂の知人に成りすまして、久米に電話をする」

「それで、どうするつもり？」

「二階堂から川辺組の女狩りビジネスのことを細かく聞いてると偽《いつわ》って、二階堂の身柄を引き渡せと命じる」

「すんなり二階堂さんを解放してくれるとは思えないわ」

「久米を追いつめる手段は考えてある。実は二階堂は以前にもドローンを飛ばしたことがあって、女狩りの証拠動画はある場所に保管してあるんだと……」

「悪くない手ね。それなら、証拠動画を手に入れるまで若頭《カシラ》は二階堂さんを殺《や》らせたりしないでしょう」

瑠衣が少し表情を明るませ、久米のスマートフォンの番号をゆっくりと告げた。

時任は二階堂のスマートフォンを使って、川辺組の若頭に電話をかけた。スリーコールで、電話は繋《つな》がった。

「久米だ。誰だい？」

「おれは二階堂宗太の知り合いだよ。あんた、組の者に渋谷のホテルから二階堂を拉致させたな。そうなんだろっ」

「なんのことだか、さっぱりわからねえな」

「空とぼけるつもりなら、あんたの妻が潰したペンションでサディスティックな女狩りが行われてたことを警察に密告するぜ」

「そう言われても、なんの話か思い当たらねえ」

「久米、よく聞け！　二階堂は、二度ドローンを飛ばしてるんだよ。おれは、空撮された動画を観《み》た。東南アジア系の女たちが防声具を嵌《は》められ、元ペンションの庭を逃げ回ってたな。全員、両手首を結束バンドで括られてるんで、早くは走れない。サディストどもはバリスタでゴム弾を次々に放って、全裸で逃げ回ってる獲物たちの肌を痣《あざ》だらけにして喜んでた。さんざん女を嬲《なぶ》ってから、それぞれが気に入った相手を荒々しく犯してた。とんでもない犯罪だな」

「……」

「ドローンのカメラが捉《とら》えた動画は、実に鮮やかだったよ。変態男たちの顔はくっきりと映ってた。名の知れた奴も交《ま》じってたな。性癖の歪んだエセ紳士たちは一千万円の入会金や一回五十万円のプレイ代を高くは感じられないんだろうな」

「……………」

「監禁されてる東南アジア系の女たちを好きなだけ犯せるわけだし、嬲り殺しにしてしまったときは遺体を硫酸クロムで骨だけにして犯罪の証拠を完全に消してくれる」

「……………」

「二階堂が不審死したら、おれが問題の動画を警察に持ち込むことになってるんだよ。そうなったら、紳士面してる客の男たちは凶悪犯として次々に捕まることになるだろう。女狩りビジネスで荒稼ぎしてたあんたも服役しなきゃならなくなるな。不始末を起こした川辺組は解散に追い込まれるだろうよ。川辺組長は腹いせに若頭《カシラ》のあんたが東京拘置所に移送されるとき、誰かにプラスチック爆弾を搭載したドローンを護送車に激突させるかもしれないな」

「……………」

「黙ってないで、何か言えよ。ショックを受けて、まともな受け答えができなくなったのか」

「……………」

「二階堂を手下の者に拉致させたことは認めるよなっ」

「それは……」

「はっきり答えろ！」

「そうだよ。浅間山麓の元ペンションで見張りをやってる若い奴が、慌てて走りだしたBMWのナンバーを控えてたんだ」

「それで、二階堂を割り出したのか」

「そうだ」

「二階堂をどこに監禁してる？」

「大田区《おおたく》の南六郷《みなみろくごう》に車の解体工場があるんだ。組の準幹部の日高淳一《ひだかじゅんいち》って男が経営してる工場だよ」

「その日高って奴に二階堂を拉致させたんだな？」

「そう。日高は舎弟二人を二階堂に張りつかせてたんだ」

「その解体工場の所在地は？」

「南六郷二丁目の何番地だったかな。少し歩くと、本羽田《ほんはねだ》一丁目に入る」

久米が答えた。

「行けば、わかるだろう。解体工場の名は？」

「『日高興業』だよ。二階堂は解体工場の事務所の椅子に縛りつけてあるって日高が連絡してきた」

「日高に二階堂を痛めつけさせて、女狩りビジネスのことをどこまで知ってるか吐かせるつもりなんだな？」

「そうだが、二階堂はだんまり戦術を使って何も喋らないみてえなんだ。奴は組が仕切ってる歌舞伎町の違法カジノの客なんだが、どうも支配人かディーラーを抱き込んで……」

「言い澱《よど》むなっ」

「わ、わかったよ。カジノの従業員の誰かに小遣いを渡して、いかさま《サマ》の手口を聞き出したみたいなんだ。ちょくちょく負けてチップ代の借りを膨らませた男がある時期から、ルーレットでもカードゲームでも勝ちつづけるようになりやがった。二階堂にサマの手口を教えたスタッフの名を早く吐かせたいんだが、頑《がん》として口を開かないらしいんだ。それで、往生してたんだよ」

「日高って舎弟に電話して、すぐ二階堂を自由にさせろ」

「それはできねえな。その代わり、危《ヤバ》い動画のメモリーを渡してくれりゃ、おたくに一千万円渡すよ。キャッシュでな。それから、二階堂も解放する」

「そんな高圧的に出てもいいのか？　こっちは、あんたを含めて川辺組を潰せる切札を持ってるんだぜ」

「それだから、先に二階堂を帰らせるわけにはいかねえんだよ。人質を取っておかないと、こっちは不利になるじゃねえか」

「おれが何か企んでると疑ってるのか？」

「うっかり二階堂を解放したら、おたくは日高の解体工場にやってこない可能性もある。そうなったら、こっちは急所を握られたままで何も打つ手がねえ」

「おれは問題の動画データを一千万円で売り渡したら、二階堂と一緒に帰るよ」

「その言葉を信じるほど甘くない。おたくが動画のメモリーをすぐに渡さないで、売り値を何倍にも吊り上げかねないからな」

「おれは、それほど欲深《よくぶか》じゃない」

「こっちの条件を呑んでもらうぞ。それが不服なら、裏取引はしない。二階堂の両手の指を一本ずつ切断していけば、何もかも吐く気になるだろうからな。三、四本の指を失ったら、動画のメモリーの保管場所も喋ると思うぜ」

「狸《たぬき》め！」

「午後九時に南六郷の『日高興業』に来てくれねえか。日高たち三人を引き取らせて、おれひとりで待ってらあ」

「わかった。それじゃ、後で会おう」

時任は通話を切り上げ、二階堂のスマートフォンを踏み潰した。瑠衣が驚いた表情になった。

「なんでスマホを踏んで壊したの⁉」

「久米から電話がかかってきたら、うっとうしいからな。察しはついただろうが、罠《わな》を仕掛けたんだよ」

時任は言って、通話内容をかいつまんで話した。

「二階堂さんが群馬で二度もドローンを飛ばしたというのは作り話だったんでしょ？」

「ああ、そうだ。二階堂を救い出すために思いついた嘘さ。一千万円を貰う気はない」

「二階堂さんが解放されるのを見届けたいと思うけど、わたしは南六郷の解体工場には行けないわ。あなたと一緒に行ったら、久米さんにわたしがスパイみたいなことをしたことがバレちゃうもの」

「そうなんだが、そっちも『日高興業』に行ってもらう。弾除《たまよ》けが必要だからな」

「もう勘弁してちょうだいよ。わたしがスパイじみたことをしたと久米さんが知ったら、激怒して殺そうとするに決まってるわ」

「おれが、そんなことはさせない」

「そう言われても、不安なのよ。相手は年季の入った筋者なんだから。久米さんから貰った預金小切手の半額をあなたにあげるから、ここで二階堂さんを待たせてよ」

「気の毒だが、協力してもらう。約束の時間まで間《ま》があるが、南六郷に向かおうか」

「最悪だわ」

瑠衣が天井を仰《あお》いだ。

時任は瑠衣の片腕を摑み、六〇六号室から連れ出した。エレベーターで地下駐車場に下る。

瑠衣は覚悟を決めたらしく、黙ってエルグランドの助手席に座った。時任は運転席に入るなり、車を発進させた。ゆっくりと南六郷に向かう。

『日高興業』を探し当てたのは、八時五十分ごろだった。

解体工場の敷地内には、プレスされた各種の車が堆《うずたか》く積み上げられていた。部品の山も見える。門の近くには、黒塗りのベントレーが駐めてあった。

「あのベントレーは若頭《カシラ》の車よ」

瑠衣が囁《ささや》き声で言った。

「妙に静かだな。日高たち三人の子分は工場内のどこかで息を殺してるんだろう。車を出たら、そっちは常におれの後ろにいてくれ」

「わかったわ。久米さんがわたしを罵《ののし》りはじめたら、工場の外まで逃げちゃってもいいでしょ？」

「ああ。降りよう」

時任は先にエルグランドから出た。瑠衣が恐る恐る車を降りる。

時任は瑠衣を庇《かば》う形で前を歩いた。解体工場に足を踏み入れる。照明で明るい。右手にある事務所には電灯が点《つ》いていない。

解体工場は格納庫に似た造りだった。人の姿は見えない。

奥に進むと、右手の圧縮機から血の臭いが漂《ただよ》ってきた。分厚い鉄板に挟まれて潰されていたのは、なんと二階堂宗太だった。

「いやーっ」

瑠衣が悲痛な声を発し、背後から時任に抱きついてきた。

次の瞬間、ホルスターからシグP230Jが引き抜かれた。時任は体ごと振り向いた。瑠衣が跳《と》びのいて、手早くスライドを引いた。ハワイかグアムの射撃場《シューティング・レンジ》でハンドガンを試射したことがあるのだろう。

「どういうことなんだ?」

時任は瑠衣を睨んだ。

「スパイ役を務める気だったんだけど、久米さんに怪しまれて白い粉を性感帯にたっぷり塗られたら、わたし……」

「ドラッグ・セックスの味が忘れられなくなって、寝返ったわけか」

「そうよ。あんた、何者なの？」

瑠衣が両手でシグＰ230Ｊを構えた。

そのとき、背後で靴音が響いた。時任は体を開いた。

消音器を装着したブローリン・アームズＰ45Ｃを握った久米がゆっくりと近づいてくる。

アメリカ製の小型ピストルには、十五センチほどの消音器が嚙ませてあった。

「日高は短気な男なんだよ。二階堂がなかなか口を割らないんで、焦《じ》れて勝手に圧縮機でぺしゃんこにしちまったんだ」

「昔の愛人《レコ》をダブルスパイにしたんだなっ」

「そういうこった。瑠衣の様子がおかしかったんで、ベッドで焦らしまくってやったんだ。そしたら、二階堂に取り込まれてたことを白状したよ。いかさま《サマ》の手口を教えたことは不問にしてやると言ったら、瑠衣はおれたちの弱みを切札にしてカジノで大金を稼ぐ気でいたことも喋った」

「そうか」

「おたくは徒者《ただもの》じゃねえな。何者なんでえ？」

「おれは警視庁の人間だよ」

時任は警察手帳を上着の内ポケットから抓み出し、久米と瑠衣に交互に見せた。

瑠衣がうろたえ、シグＰ230Ｊを床に置いて表に逃げた。時任は追わなかった。自分の自動拳銃に手を伸ばしたとき、久米が発砲した。

消音器から圧縮空気が洩れた。時任は腰からテイザーガンを引き抜き、すぐ引き金を絞った。砲弾型電極は久米の右の太腿に埋まった。高圧電流を送り込んでから、電線を引き戻す。久米は昏倒し、魚のように跳ねた。消音器付き拳銃は床に落ち、二メートルほど滑走した。時任はテイザーガンを腰に戻し、素早く自分の拳銃を拾い上げた。大股で久米に近づく。

「二月四日の夜、碑文谷署管内で伊吹美寿々という弁護士が殺害されたんだが、あんたは事件に絡んでるんじゃないのか？」

「その女弁護士が川辺組の違法カジノに出入りしてた二階堂を尾行してるって話は支配人から聞いてたが、おれは絡んじゃいねえよ」

「そっちはおれを撃ち殺そうとした」

「な、何を考えてるんだよ!?」

久米が倒れたまま、目を剝《む》いた。

時任は無言でシグＰ230Ｊの引き金を引いた。放った銃弾は、久米の左の太腿に埋まった。

「正当防衛による発砲だ」

「くそーっ」

久米が体を丸め、唸りはじめた。

時任は拳銃をホルスターに収めると、すぐポリスモードを掴み出した。桐山理事官に対処の仕方を相談しなければならない。

第四章　冤罪のからくり

1

　人影が近づいてくる。

　時任は視線を延ばした。歩み寄ってきたのは桐山理事官だった。時任は日比谷《ひびや》の有料地下駐車場の通路に立ち、理事官を待っていた。

　南六郷の自動車解体工場で、二階堂宗太が圧死させられた翌日の午後三時過ぎだ。前夜、桐山理事官直属の捜査員たちが事件現場に駆けつけて、被弾した久米忠を中野《なかの》の東京警察病院に密かに搬送し、弾頭の摘出手術を受けさせた。

　術後、久米は特別室に移されて取り調べを受けた。時任は理事官から久米の供述内容を聞かせてもらうことになっていた。

「車の中に入ろうか」

桐山が言って、エルグランドの助手席に乗り込んだ。時任は急いで運転席に入った。

「解体工場の周辺は町工場だらけなんで、シグＰ230Ｊの銃声は外に洩れなかったようだ。所轄の蒲田《かまた》署の者が事件現場に急行したのは、別働隊の者が久米を運び出してから五十分も後だったらしい。もちろん、コンクリートの床の久米の血はきれいに拭《ぬぐ》って火薬の残滓《ざんし》も回収した。シグＰ230Ｊの薬莢《やっきょう》は時任君が持ち帰ってるな。摘出された弾頭の指紋は予《あらかじ》め消してあったんで、発砲の件は問題にはならないだろう」

「笠原課長が東京警察病院の執刀医に特任捜査だからと口止めを……」

「そうなんだ。二階堂の遺体はいったん所轄署に安置され、東京都監察医務院で午前中に司法解剖された。やはり、死因は圧殺だったよ。久米が舎弟の日高淳一、四十歳に圧縮機のスイッチを押させたことを認めた」

「渋谷のホテルから二階堂を拉致したのは、川辺組の若い組員たち二人だったんですね？」

「そう。どちらも二十代の後半だった。えーと、名前は……」

「思い出していただかなくても結構です。そいつらは、捜査本部事件には絡んでないはずですので」

「そうだね。最近、物忘れがひどくなってね」

「大丈夫ですよ。理事官は十三人の管理官を束ね、そのほかに密行捜査のパイプ役をこなされている。情報の交通整理に少し時間がかかるのでしょう」

「それだけなら、いいんだがね。久米は女狩りビジネスを組長に提案したことも認めて、会員が百五十数人いると吐いた。社会的成功者ばかりで、名士《セレブ》が十三人もいた」

「久米が手下の者に拉致させた東南アジア出身の女性は全部で何人だったんです？」

「およそ百人らしいが、そのうちの十四人はサディストたちにハードに嬲《なぶ》られて死んでしまったそうだ。死体は硫酸クロムで骨にされて……」

「惨《むご》いことをするものだ」

「女狩りビジネスに携わった組員とリッチな客たちは、人間の仮面を被った獣《けだもの》だね。廃業したペンションに監禁されていた女性たちは、群馬県内にある他人の別荘や空き屋に分散して移されていたんだ。きょう中には八十三人は保護されるだろう」

桐山が言った。

「よかった」

「そうだね。久米を筆頭に非合法ビジネスに関わっていた川辺組関係者はすべて起訴され、有罪判決が下されるだろう。組長と若頭が刑務所に送られたら、組は別の二次団体に吸収されるんじゃないのか」

「多分、そうなるでしょう」

「きみに第一期でマークされた者たちを洗い直してもらった結果、二階堂宗太はシロとわかった。それから、久米忠も美人弁護士殺しには絡んでいなかったな。平松謙次と長友翔はどうなんだろう？」

「協力者に洗い直しを手伝ってもらったのですが、ストーカーの長友はどうもシロのようでした」

「となると、被害者と一緒に働いたことのある平松がクロっぽいわけだな」

「疑わしい点があることは確かです。平松は『中杉総合法律事務所』の専属調査員でありながら、性質《たち》の悪い探偵社や悪徳弁護士の下働きをして恐喝も働いていましたんで」

「そうして稼いだ金でクラシックカーやヴィンテージ物の名車を何台も買い込んで小松川のガレージハウスでメンテナンスに励んでいるということだったね？」

「ええ。正義感の強かった伊吹美寿々に恐喝の証拠を握られていたなら、平松に殺人の動機はあるでしょう。事件当夜のアリバイが崩れなければ、第三者に被害者を始末させたのかもしれません。協力者が平松に恐喝された不倫カップルたちに被害を認めてくれないかと頼み込んだのですが、自分たちがスキャンダルの主になりたくないようで……」

「警察に被害届を出す気になった者はいないんだな？」

「ええ、そうなんですよ。二人の協力者に『東西探偵社』と経済マフィアたちの守護神と呼ばれてる細谷典生弁護士の弱点を探ってもらっていますので、そのうち平松を追い込むことはできると思います」

「そうか。久米の取り調べは組対部に引き継いでもらって、送致手続きを頼むよ。日高の取り調べも捜一《うち》ではなく、蒲田署と本庁組対《そたい》に担当してもらったほうがいいだろう。笠原課長も、それが望ましいとおっしゃっている。時任君の意見も聞かせてくれないか」

「そうしていただければ、こちらは動きやすくなります」

時任は答えた。

「発砲の件は揉み消したし、久米とも司法取引した。消音器付きのハンドガンをぶっ放したことには目をつぶるから、『日高興業』に押し入ってきた関西の極道と思われる男にテイザーガンの砲弾型電極を先に撃ち込まれ、シグP230Jの銃弾を左腿に浴びせられたって供述しつづけろと別働隊に……」

「久米は罪名が一つでも減れば、死刑を免れるかもしれないと考えて司法取引に応じたんでしょうね？」

「そうなんだろうな」

「理事官、日高に二階堂を圧死させたことについては、どう久米に供述しろと別働隊の方に指示されたのでしょう？」

「かつて世話をしていた加納瑠衣を二階堂が口説いたことが不快だったんで、舎弟の日高に二階堂を拉致させ、圧縮機の厚いプレス鉄板で圧死させたってことにしておけと指示したんだよ。しかし、久米は東南アジア出身の女性たちを〝暴虐遊戯〟でたくさん死なせている。自分の手を直《じか》に汚してはいないが、犯した罪は大きい」

「そうですね。絞首刑にされても仕方ないと思いますが、無期懲役の判決が下りそうだな」

「多分、そうなるだろうね。加納瑠衣はきみのシグP230Jを奪って銃口を向けたわけだが、南六郷の解体工場には行ってないことにしたんだ。別段、問題はないよな？」

「はい」

「それじゃ、なるべく早く平松の黒白《こくびゃく》を見定めてくれないか」

桐山理事官が車を降り、エレベーター乗り場に向かった。

寺尾理沙は『東西探偵社』の調査員や事務員に接触して、悪質な業務を聞き出すことになっている。元刑事の品田は細谷弁護士の悪事の証拠を集めようと動き回っているはずだ。

時任はエルグランドを走らせ、地上に出た。車を日比谷公園の際《きわ》に寄せ、理沙に電話をかける。

少し待つと、通話可能状態になった。使ったのは私物のスマートフォンだった。

「何か掴めたか？」

「時任さん、平松は救いのない悪人よ。わたし、ルポの取材と称してベテランの女性事務員に接触したの。その彼女から聞き出したんだけどね、平松は不倫の事実を揉み消してやったカップルの弱みにつけ込んで怪しげなサプリメントやローヤルゼリーを大量に買わせ、それをネットで高く売ってやると騙《だま》して、商品を詐取《さしゅ》してるらしいのよ」

「騙し取ったサプリメントなんかは、どうしたんだ？」

「小松川のガレージハウスの二階の居室に保管して、自分でネット販売して商品を宅配便で全国に発送してるそうなの。つまり、詐欺を働いてるわけよ」

「女性事務員の話を真《ま》に受けてもいいのかな？」

「高いローヤルゼリーを八十万円分も買わされた三十七歳のOLが詐欺に引っかかったと感じたらしく、不倫相手の上司と『東西探偵社』に怒鳴り込んだのよ。すごい剣幕だったらしいわ。そのときの音声をベテラン女性事務員はこっそりICレコーダーに録音したんだって。わたし、それを借り受けたの」

「録音音声は聴いてみた？」

「もちろんよ。不倫カップルは大声で平松を出せって喚《わめ》いて、社長に詰め寄ったの。社長は平松は社員じゃないと繰り返し、『東西探偵社』は商品詐取の片棒なんか担いでないと言い返してたわ」

「おまえさんは、いまどこにいるんだ？」

時任は訊いた。

「ＪＲ神田《かんだ》駅の駅前にある『ユートピア』ってカフェでひと休みしてるの」

「そうか。おれは日比谷にいるんだ。そっちに向かうよ。ＩＣレコーダーに借りたメモリーはセットしてあるんだろう？」

「ええ」

「録音音声を聴いたら、小松川のガレージハウスに行くよ。平松は外出してるかもしれないが、きょうは家族のいる自宅には戻らないつもりなんだろう」

「そうなんでしょうね。出かけてたとしても、夜にはガレージハウスに戻るんじゃないかしら」

「だろうな。二十分そこそこで、『ユートピア』って店に行けると思うよ」

「待ってるわ」

理沙が電話を切った。時任は私物のスマートフォンを所定のポケットに入れると、エルグランドを発進させた。

二十分弱で、神田駅前に達した。時任は車を裏通りに駐《と》め、駅前に引き返した。『ユートピア』は駅から百メートルも離れていなかった。

時任は店内に入った。奥まった席にいる理沙が笑顔で片手を挙げた。時任は理沙と向かい合うと、ブレンドコーヒーをオーダーした。

ウェイトレスが下がった。

理沙が卓上にイヤフォン付きのICレコーダーを置く。

「例の音声よ。まず聴いてみて」

「そうしよう」

時任はICレコーダーを膝の上に置き、イヤフォンを耳に嵌《は》めた。再生ボタンを押すと、不倫カップルの男の怒声が響いてきた。

時任は『東西探偵社』の社長と不倫カップルの言い分をしっかと聴いた。職場恋愛をした妻子持ちの中年男は平松に弱みを知られているからか、サプリメントとローヤルゼリー百三十万円相当を購入して商品をそのまま脅迫者に渡してしまった。独身のOLのほうは、ローヤルゼリーを八十万円分も買って平松に預けた。

その後、平松からはまったく音沙汰がなかった。

教えられた電話番号は、でたらめだった。ようやく不倫カップルは詐欺に引っかかったことに気づき、平松が調査の仕事を代行していた『東西探偵社』に乗り込んだ経緯がわかった。

探偵社の社長は商品の取り込み詐欺には自分は一切《いっさい》関与していないと言い張り、不倫カップルに平松の連絡先を問われても、個人情報をむやみには教えられないときっぱりと断った。部下のＯＬと一線を越えてしまった妻帯者は平松を告訴すると捨て台詞《ぜりふ》を吐いて、不倫相手と引き揚げていった。

時任はＩＣレコーダーの停止ボタンを押し、耳からイヤフォンを外した。ちょうどそのとき、ブレンドコーヒーが運ばれてきた。

ウェイトレスが遠のくと、理沙が前屈みになった。

「時任さんが正体を明かして、この録音音声を平松に聴かせたら、すぐに観念すると思うわ。そして、ローファームで仕事をしてるころから汚れたお金を得て、欲しくてたまらなかったクラシックカーやヴィンテージカーを買い集めてたことをあっさり白状する気がするな。美人弁護士事件に関しては、そう簡単に落ちないでしょうけどね」

「そうだろうな」

「時任さん、わたしも小松川のガレージハウスに同行させてくれない？　現職刑事があまり手荒なことはできないでしょうから、わたしが代わりに平松に突きや蹴りを見舞うわよ」

「そこまでやってもらう気はないが、平松は逃走するかもしれない。おまえさんに裏口に回ってもらうか」

時任は言って、コーヒーをブラックで啜った。それから間もなく、品田から電話がかかってきた。

店内の客は少なかった。時任は理沙に断って、店の外に出た。

「おやっさん、お待たせしました。近くに人が何人もいたもんでね。いま周《まわ》りには誰もいませんから、何を喋っても平気です」

「そう。係長《ハンチョウ》、平松の脅迫罪の裏付《ウラ》けを取れるかもしれないんだ。いまはネットで競売物件の入札ができるようになったんで、堅気の人間も商業ビルやマンションを落札してる」

「そうですね。以前は、競売物件を落札するのはブラックがかった不動産会社か暴力団関係者ばかりでしたが」

「不動産転がしで荒稼ぎしてる細谷弁護士の依頼で、平松は堅気の落札者に裁判所に不動産代金を振り込んだら、裏社会の人間に命を狙われることになるぞと脅迫してたんだ。競売物件を諦めさせて、悪徳弁護士に商業ビルやマンションが渡るよう画策してるにちがいないよ」

「ええ、そうなんでしょうね」

「威《おど》された人間の証言を得れば、平松を追い込めるだろう」

品田が言った。

「ええ。でも、まだ証言は得てないんでしょう？」

「そうなんだが、平松に競売物件を諦めないと不幸な目に遭《あ》うと脅された人間の氏名と連絡先を調べたんで、少し時間をもらえれば……」

「おやっさん、実は気の強い美人犯罪ジャーナリストが平松を追い込める切札を手に入れてくれたんですよ」

時任は事の経緯を話した。

「そういうことなら、じゃじゃ馬が手に入れた切札を使おう。そのほうが早そうだからね」

「おやっさんにも動いてもらってたのに、なんか申し訳ないな」

「係長《ハンチョウ》、そんなことで妙な拘《こだわ》りを持つほど料簡《りようけん》は狭くないよ。見損なわないでほしいな。彼女と一緒にいるのかな？」

「ええ、そうです。神田駅近くのカフェにいるんですが、一緒に小松川のガレージハウスに行こうと思ってるんですよ」

「それなら、こっちもガタのきてるカローラで平松が借りてるガレージハウスに行く。途中でエンストを起こしたら、タクシーを飛ばす。後で合流しよう」

品田がそう言い、通話を切り上げた。

時任は『ユートピア』の中に戻って、理沙に品田の話を伝えた。

「商品取り込み詐欺の件を認めないようだったら、品田のお父さんが摑んだことで追い込みをかけたら？　そうすれば、平松も観念するんじゃない？」

「かもしれないな。もう一杯コーヒーをどうだ？」

「ううん、結構よ。時任さんのコーヒーカップが空になったら、小松川に向かわない？」

理沙が提案した。

時任は二口《ふたくち》ほどでコーヒーを飲み干し、卓上の伝票を手に取った。支払いを済ませ、理沙を裏通りに導く。

ほどなく時任は、エルグランドを発進させた。

幹線道路はやや渋滞気味だったが、四十五、六分で小松川に着いた。目的のガレージハウスは造作なく見つかったが、シャッターは下りていた。留守なのだろう。

時任はエルグランドを少し離れた路上に停め、エンジンを切った。理沙と静かに車を降り、ガレージハウスに近づく。

時任はインターフォンを響かせた。

スピーカーは沈黙したままだ。時任たちはガレージハウスを回り込み、逃げ道の有無《うむ》を確認した。ガレージハウスの真裏は、二メートルほど低くなっている。畑だった。平松が畑に飛び降りて逃走を図るかもしれない。

そのときの対処の仕方を考えながら、時任は理沙と車の中に戻った。品田のカローラが前方から走ってきたのは数十分後だった。

時任たち二人はエルグランドを降り、カローラの後部座席に乗り込んだ。平松が逃亡したときのことを想定し、対策を練る。時任だけカローラを降り、エルグランドの運転席に戻った。

やがて、陽《ひ》が落ちた。

時任は通行人を装ってガレージハウスの前を行きつ戻りつしはじめた。理沙と品田は、それぞれガレージハウスの両脇に入り込んだ。

スーパーの白いビニール袋を提《さ》げた平松謙次が前から歩いてきたのは、六時十分ごろだった。時任は理沙のＩＣレコーダーを懐から取り出し、ガレージハウスの玄関前にたたずんだ。

平松が怪訝《けげん》そうな表情で接近してくる。時任はＩＣレコーダーの再生ボタンを押し、音量を上げた。録音された音声が流れはじめた。

「伊吹美寿々殺しの件であんたに確かめたいことがある。逃げたら、詐欺と恐喝容疑で緊急逮捕することになるぞ」

「おたくは？」

「警視庁の者だ。碑文谷署に設置された捜査本部の支援要員だよ」

「わたしをまだ疑ってるのか!? ぼんくら刑事だな。あの女は生意気だったから、好きじゃなかったよ。でも、わたしは絞殺犯じゃない。帰れっ」

平松が興奮気味に叫び、スーパーの袋を投げつけてきた。落下したのは時任の一メートルほど手前だった。

平松が身を翻《ひるがえ》した。

そのとき、暗がりから理沙が飛び出してきた。平松に横蹴りを見舞い、すかさず中段回し蹴りをくれた。平松は体をふらつかせ、不様な恰好《かっこう》で路面に転がった。

「天地神明《てんちしんめい》に誓って、伊吹弁護士の死には絡んでないよ」

「話はゆっくり聞いてやる。起き上がれ!」

時任は命じて、ICレコーダーの停止ボタンを押した。

理沙がガレージハウスを回り込んできた品田と目配せして、カローラに向かった。平松が呻き、のろのろと立ち上がった。

「捜査車輛の中で、あんたの話を聞いてやる。こっちだ」

時任は、平松をエルグランドまで歩かせた。

2

平松が先に後部座席に乗り込んだ。

逃げる気配はうかがえない。時任は平松と並ぶ形で腰かけ、リア・ドアを閉めた。

「さっきの録音音声をもう一度聴かせてやろうか」

「『東西探偵社』の依頼で調べてた不倫カップルに口止め料を要求したことなんかない。調査対象者に浮気の事実はなかったことにしてくれと拝まれたんで、同情してやっただけだよ」

「同情してやった？」

「そう。結婚してる男女が不倫してることをそのまま調査報告書に記述したら、双方の家庭が崩壊してしまうかもしれない。子供たちがいたら、かわいそうじゃないか」

平松が言い訳した。

時任は何も言わずに、平松の顔面に肘打ち《エルボー》をくれた。平松が呻いて、頬骨のあたりを摩《さす》った。

「綺麗事《きれいごと》を言うなっ。あんたの悪事はすっかり調べ上げた。不倫カップルの双方から、少しまとまった揉み消し料をせびってたこともわかってるんだよ」

「そ、そんなことは……」

「してないとは言わせないぞ」

時任は、平松の脇腹にエルボーを打ち込んだ。

「け、刑事がこんな荒っぽいことをしてもいいのかっ」

「本庁人事一課の監察におれのことを訴えてもかまわない。その代わり、あんたは複数の罪名で起訴されることになるぞ」

「うむ」

「商品取り込み詐欺の件は認めるな？」

「くそっ、認めるよ。どうしても欲しいヴィンテージカーを手に入れたかったんだ。不倫カップルに何度も金をせびりつづけると、危《ヤバ》いことになるだろうと思ったんで……」

「詐欺を働く気になったわけか。不倫カップルに言葉巧《たく》みに買わせたサプリメント、ローヤルゼリー、健康茶なんかはガレージハウスの二階の部屋に保管してあるんだな？」

「約半値でネット販売したんで、在庫はそれほど多くないんだ」

「そうか。あんたは悪徳弁護士の細谷典生の依頼で、経済マフィアたちの犯罪をなかったことにしてやってたんだよな。最近は、競売物件を落札した堅気に恐怖心を与えて、不動産の転売で甘い汁を吸ってる細谷が商業ビルやマンションを手に入れやすいようにしてやってる」

「…………」

「あんた、検事になりたかったようだな」

「そんなことまで調べてたのか!?」

「司法試験にパスしなかったんで、検事にはなれなかった。で、仕方なく検察事務官になった。しかし、司法試験に通った年下の検察官の下で働くことは屈辱的だった。だから、『中杉総合法律事務所』に移って専属調査員をしてたんだろう」

「そうだよ」

「しかし、ローファームに所属する弁護士は必ずしも自分より年上じゃなかった。それどころか、年下が多かった。そんな連中の下働きに甘んじることには、やっぱり抵抗があった。まだまだ男社会だから、二十代の伊吹美寿々に頼まれた調査は苦痛だったんじゃないのか」

「十八歳も若い女弁護士の下で働くなんて、自分が惨《みじ》めに思えたんだ。司法試験には通らなかったが、法律家たちよりも知力が著《いちじる》しく劣《おと》ってるわけじゃないという自負《じふ》もあったんでな」

「試験に弱かっただけだと言いたいわけか」

「事実、そうなんだと思うよ。子供のころから上がり性で、なぜか本番に実力を発揮できなくなってしまうんだ」

平松が言った。

「うぬぼれじゃないのか」

「そうじゃないよ。運が悪かったんだ、わたしはね」

「ま、いいさ。そういうことにしといてやろう。二月四日に殺害された伊吹美寿々は、あんたの仕事がルーズすぎるんで、幾度か苦言を呈した。小娘に叱られたと感じたあんたは、男のプライドを傷つけられたんだろう。それだけではなく、美人弁護士がボスの中杉充利に自分の怠慢《たいまん》さを告げ口したので、解雇されたと思い込んでしまったんだろうな」

「えっ、そうじゃなかったのか⁉」

「事件の被害者はあんたがラフな仕事をしていることを快く思ってなかっただろうが、師匠筋の中杉弁護士に告げ口なんかしてなかったんだ。ローファームの別のスタッフからクレームがあったので、ボスはあんたの肩を叩いたのさ」

「そうだったのか」

「あんたは安定した職を失ったんで、捨て鉢になった。趣味のクラシックカーやヴィンテージカーの蒐集《しゅうしゅう》もしたくなって、『東西探偵社』や細谷弁護士との関係を深めて銭だけを追いかけるようになってしまったんだろう。いや、ローファームにいたころからダーティーな内職をしてたわけだから、根が悪人なんだろうな」

時任は遠慮なく言った。

「わたしは貧しい家で育ったので、小さい時分から金銭に対する執着心が強かったんだ。けどね、人殺しをするような人間じゃない。そこまで堕落《だらく》してないよ。わたしが伊吹の事件に関わってるといまも疑ってるんだったら、捜査本部の連中は無能だね」

「言ってくれるな。あんたはシロだと胸を張れるのかっ」

「もちろんだ。疑わしい点があるんだったら、とことん再捜査すればいいさ。しかし、血税を無駄遣いすることになるだろう」

「さんざん否認した奴が真犯人《ホンボシ》だったケースは少なくない」

「だったら、とことん調べればいいさ。わたしには犯人の見当がついてるんだ」

「へえ、そうなのか。誰が犯人だと思ってる？」

「只《ただ》で手がかりは提供できないな。司法取引に応じてくれるんだったら、警察に協力してもいいが……」

平松が駆け引きしはじめた。時任は裏取引に応じる振りをすることにした。

「怪しげな探偵社や悪徳弁護士と組んで汚れた金を得たことを立件しなければ、協力してくれるってことだな？」

「そういうことだよ」

「いいだろう。あんたの推測を聞かせてもらおうか」

「伊吹美寿々は事件が起こる前まで、冤罪《えんざい》と思われる窃盗事件の被告人の弁護をしてたんだよ」

「どんな事件だったんだ？」

「去年の九月中旬、大手商社『大日亜《だいにちあ》物産』に勤めてる織部陽介《おりべようすけ》、四十一歳が渋谷の有名デパートでスイス製の高級腕時計を盗んだ容疑で逮捕されて送致されたんだよ」

「その商社マンは犯行を認めたのか？」

「いや、犯行は一貫して否認しつづけたんだ。しかし、逮捕されたとき、被疑者の上着のポケットには二百数十万の腕時計が裸で入ってたんだ。商社マンは時計売場で四、五個の商品を陳列台に並べさせて、それぞれ手に取って品定めをしたんだよ。被疑者の指紋が付いた商品が上着に入ってたことでクロと考え、警察は織部を地検に送った。起訴された織部は東京拘置所に身柄を移された日、奥さんに『中杉総合法律事務所』に弁護依頼させた。ボスは伊吹に織部の弁護を担当させたんだ」

「やけに精《くわ》しいな」

「わたしも冤罪っぽいと直感したんで、親しくしてた東京地検の検察事務官から情報を流してもらったんだよ。織部という男は会社に嵌められたのかもしれないと思った」

「どういうことなんだ？」

「織部は水産部でカナダ、ノルウェー、アルゼンチン、チリから主にキングサーモンの買い付けをしてたんだ。去年の春、南米の新規の養殖業者から鮭を安く仕入れることができたんだが、その半数近くは寄生虫が巣喰ってて売りものにならなかったらしい」

「そんなことで、織部陽介は会社に大きな損失を与えてしまったんだな」

「そう。損失額は四億数千万円だったかな。織部はペナルティーとして、いわゆる〝追い出し部屋〟に異動させられた。よくあることさ。織部は水産物の輸入で会社に莫大な利益をもたらした功績があるので、理不尽な扱いを受けたと感じたんだろうな」

「厭《いや》がらせをされても、自主退職はしなかったわけだ。労務担当の役員がデパートのテナント時計店を抱き込んで、織部陽介を万引き犯に仕立てて解雇させようと画策した疑いがあるな」

「伊吹美寿々もそう睨んで、『大日亜物産』の労務担当役員の戸《と》板滋《いたしげる》、五十六歳のことを調べたようだね。しかし、戸板が織部を万引き犯に仕立てた証拠は摑めなかった。伊吹はボスに助けを求めた」

「中杉弁護士は、織部陽介の冤罪を晴らしてやれたのか？」

「ボスがどんな手を使ったのかわからないが、最初の公判で織部に無罪判決が下って拘置所から出ることができた。テナント時計店の店員が織部の上着にこっそり問題の腕時計を入れたことがわかったんだよ」

「その店員の名は？」

「樋口敬吾《ひぐちけいご》、三十七歳だったかな。そいつは客を万引き犯に仕立てて困らせたかったと警察で供述したんだが、渋谷署の留置場で自分のトランクスを細かく裂いて紐《ひも》を作って……」

「首を括《くく》ったんだな？」

「そうなんだ。警察と東京地検は『大日亜物産』の戸板役員と樋口に何か接点があると考えたようだが、まったく繋がりはなかったようだな。二人に間接的な結びつきがあるとすれば、戸板が織部を陥れようとしたんだろうね」

平松が言った。

「考えられるな。織部は、いまも会社に籍を置いてるのか？」

「と思うよ。窓際部署でろくに仕事も与えられてないだろうから、暗い気持ちで時間を遣《や》り過ごしてるんじゃないのかな。いっそ退職しちまえと言いたくなるが、意地でも辞表を書く気にはならないんだろう」

「会社に四億数千万円の損失を与えたことでは申し訳ないと思ってるだろうが、それまで買い付けがうまくいって、何倍、何十倍も儲けさせた社員をすぐにお払い箱にするような会社の言いなりになってたまるかという気持ちなんだろうな」

「そうなんだと思うね。それにしても、ドル高円安になってから社員を平気で斬り捨てる企業が増えた。景気がよくないときは人件費が大きな負担になるだろうが、社員を使い捨てにするような会社は駄目だよ。企業にとって何よりも大切にしなければならないのは、人だからね。社員が最も大事なんだ」

「その点は同感だよ」

「無駄な経費を切り詰めて、役員たち全員が給与の二、三割を自主的にカットして、難局を乗り切るべきだね」

「経営コンサルタントみたいなことを言うじゃないか」

時任は茶化した。

「ちょっと偉そうだったかな。話が逸《そ》れたが、伊吹美寿々は織部陽介の弁護を熱心にやったことで、誰かの恨みを買ってしまったんじゃないだろうか」

「あんたの推測だと、鮭の買い付けで四億数千万円の損失を出した織部を退職に追い込もうとした大手商社が美人弁護士を逆恨みしてたんではないかと疑いたくなるな」

「ああ、そうだな。『大日亜物産』の労務担当役員の戸板が誰かを介して、テナント時計店で働いてた樋口敬吾に織部陽介を万引き犯にしてもらったんじゃないか。樋口は多額な報酬に釣られたんだろうけど、事の重大さを知らされ……」

「渋谷署の留置場で自ら命を絶った？」

「そうだったんじゃないのかな」

「伊吹美寿々は織部の無実を晴らそうとしたが、あんたから聞いた話によると、自分自身で冤罪を立証したわけじゃないんだろう？」

「情報をくれた元同僚は、伊吹のボスの中杉弁護士が裏で動いたんで織部は拘置所から出ることができたと言ってたよ。中杉弁護士が被告人の無実をどうやって証明したのかまでは教えてくれなかったがね」

「そうか」

「もしかしたら、東京地検は織部を起訴したものの、確信があったわけじゃなかったのかもしれないな。検察が起訴した事件の九十九パーセント以上も有罪判決が下ってる。そのことは、おたくも知ってるだろう？」

「もちろん、知ってるさ。検察が起訴した事件の有罪率は驚くほど高いが、百パーセントじゃない」

「そう、そうなんだよ。大物弁護士の中杉充利は過去に何件も冤罪で勝訴してる。検察は高裁か最高裁で敗《やぶ》れたら、イメージが悪くなる。だから、織部を地裁で勝たせてやって幕切れにさせたいと考えたのかもしれないな」

「あんたは以前、東京地検で働いてた。そういうケースは過去にもあったのか。多分、あったんだろうな」

「それほど数は多くないが、あったことはあったよ。検察は基本的には裁判で勝てそうな事案しか起訴しないんだ。ひょっとしたら、敗訴するかもしれないと判断した場合はだいたい不起訴処分にするね。とにかく、検察は裁判で負けたくないんだよ。負けることは不名誉だと心得てる。大物弁護士に負けたくなかったんで……」

「地裁が無罪判決を下しても、それ以上は争う気にはなれなかった？」

「そうなんだろうな。それはそうと、捜査本部事件の有力な手がかりを提供したんだから、わたしのすべての犯罪に目をつぶってくれるよな」

平松が確かめた。

時任は黙ってうなずき、先にエルグランドの後部座席から腰を浮かせた。平松がにっこりと笑って、車を降りた。

「怪しげな探偵社や悪徳弁護士とすぐに縁を切らないと、裏取引はなかったことにするぞ」

「わかったよ。もう家の中に入ってもいいだろう？」

「道路にちらばってる物をスーパーの袋に突っ込んでから、ガレージハウスに入れよ」

時任は言った。

平松は言われた通りにして、ガレージハウスの中に消えた。時任は品田のマイカーに歩み寄り、後部座席に乗り込んだ。品田は運転席、理沙は助手席に座っていた。

「平松謙次もシロだね」

時任はどちらにともなく言った。すると、理沙が先に応じた。

「そう確信できる感触を得たみたいね」

「ああ、そうなんだ」

時任は、平松と交わした話を要領よく伝えた。品田が口を開く。

「係長《ハンチヨウ》の判断に間違いはないと思うよ。『大日亜物産』の戸板という労務担当役員が織部陽介を退職に追い込めなかったことで、伊吹美寿々を逆恨みして殺し屋《プロ》に始末させたんだろうか。いや、そうじゃないのかもしれないな。織部の無罪判決を実質的に勝ち取ったのは、美人弁護士の先生に当たる中杉弁護士だったんだろう？」

「平松から聞いた話では、そうでしたね」

「だったら、『大日亜物産』は中杉弁護士を逆恨みするだろうな」

「でも、織部の弁護人は伊吹美寿々だったから、逆恨みの矢面《やおもて》に立たされてしまったのかもしれないわよ。品田のお父さん、そうは思えない？」

理沙が話に加わった。

「そういうことも考えられなくはないか。うん、そうだね」

「『大日亜物産』の労務担当役員は会社に四億数千万円の損失を与えた織部陽介を何がなんでも依願退職に追い込みたかったけど、思い通りに事は運ばなかった。それだから、何らかの方法でデパートの時計売場で働いてた樋口敬吾とコンタクトを取って、織部を万引き犯に仕立ててもらったんじゃない？」

「そうなんだろうか」

「時任さん、わたし、『大日亜物産』の戸板って役員の身辺を洗うわよ。会社のホームページやネットなどで、労務担当役員に関する情報を集めてみる」

「それは、おれがやるよ」

「そう。なら、平松謙次が逃亡しないよう見張ってようか？」

「おれは平松が持ちかけてきた司法取引に応じた振りをしたんで、逃げたりしないだろう。桐山理事官経由で後日、所轄署に平松を逮捕してもらう。そうすれば、芋蔓式《いもづるしき》に経済マフィア、悪徳弁護士も次々に検挙されるだろう。借りたICレコーダー、もうしばらく預からせてくれないか」

「ええ、いいわよ。わたしたち二人は何をすればいい？」

「長友翔はほぼシロと再確認できたんだが、まだ確証は得られていない」

「そうね」

「おやっさんと一緒に長友の自宅アパートに行って、いろいろ鎌をかけてみてくれないか。シロだとはっきりしたら、新たな捜査に入ろう」

「織部の冤罪の裏にどんなからくりがあるのか調べて、伊吹美寿々殺しの首謀者を突きとめるのね？」

「そう」

「了解！」

「おやっさん、頼みます」

「あいよ」

品田が快諾《かいだく》した。

時任はカローラを降りた。品田が車を走らせはじめた。

ほどなくカローラが闇に紛《まぎ》れた。時任はエルグランドに駆け戻り、車内から理事官に電話をかけた。スリーコールの途中で、電話は繋がった。時任は経過を報告し、織部の冤罪に関する調書を渋谷署から内密に取り寄せてほしいと頼み込んだ。

「できるだけ早く調書を入手するよ」

桐山が通話を切り上げた。時任はポリスモードを懐に収め、ノートパソコンで『大日亜物産』を検索した。

3

天丼を食べ終えた。

夕食だった。時任はハンカチで口許を拭って、勘定を済ませた。丸の内《まるのうち》にある和食レストランだ。

近くに『大日亜物産』の本社がある。時任は江戸川区小松川のガレージハウスを後《あと》にすると、大手商社を訪れた。だが、織部陽介はすでに職場を後にしていた。戸板労務担当役員も社内にはいなかった。そんなことで、夕食を摂《と》ったわけだ。

時任は和食レストランを出た。エルグランドはオフィス街の裏通りに駐《と》めてあった。その場所まで大股で歩く。

時任は専用捜査車輛に乗り込んだ。

エンジンを始動させたとき、理事官からポリスモードにメールが送られてきた。織部の窃盗事件の調書だった。

時任はディスプレイの文字を目で追いはじめた。

織部陽介が渋谷の東光百貨店の時計売場を訪れたのは、去年の九月十六日の午後四時過ぎだった。特に趣味のない織部は数年に一度、外国製の高級腕時計を買い求めていた。妻公認だった。

事件当日、織部は百五十万円以内の商品を購入する気でいた。しかし、陳列台の中を覗き込んでいるうちに目移りして、予算を上回る商品も含めて五点をテナントの『青木《あおき》時計店』の店長に見せてもらうことになった。

織部は、すべての商品を手に取ってじっくりと眺めた。購入予定の品物は百四十万円だったが、最も高い二百三十万円の腕時計よりも見劣りする。

最高値の品物が欲しくなった。しかし、予算よりも八十万円も高い。妻に相談しないで勝手に買ったら、後《のち》に揉めることになりそうだ。

副店長の樋口敬吾がいつの間にか織部の斜め後ろに立っていた。盗難を警戒されたのだろう。

織部は店長に出直すことを告げた。そのとき、別の客が店長に声をかけた。店長は後の接客を樋口に委《ゆだ》ね、少し離れたショーウインドーに移動した。

白い布手袋を両手に嵌《は》めた樋口が陳列台の上の商品を手早く集め、化粧箱を重ねた。その直後、なぜか副店長の樋口はよろけた。

織部は礼を言って、時計売場を離れた。エレベーター乗り場にたたずんでいると、女性店員を従えた樋口が追いかけてきた。そして、織部が商品の一つをくすねて上着のポケットに入れたのを見たと主張した。

まったく身に覚えがなかった。織部は抗議しながら、上着のポケットに手を入れた。あろうことか、スイス製の高級腕時計が入っていた。気に入った二百三十万円の商品だった。

押し問答していると、デパートの保安係が駆けつけた。織部は万引きの疑いをかけられて、保安室に連れ込まれた。どんなに弁明しても、まともに話を聞いてもらえなかった。渋谷署の制服警官たちがやってきて、織部は連行された。

商品に織部の指紋が付着していたことで、窃盗の容疑で逮捕されたのだ。織部は、取り調べに当たった刑事たちに犯行を否認しつづけた。

ベテランの刑事にいったん犯行を認めなければ、何日も留置されることになると告げられ、織部は頭を抱え込んだ。地検に送致されても、自分が無実であることはじきにわかってもらえるだろう。

そんなふうに織部は安易に考え、犯行を認めてしまった。その結果、東京地検に送致され織部は担当検事に自分は無実であると言いつづけた。しかし、起訴された。

身柄を東京拘置所に移された日、織部は妻に『中杉総合法律事務所』に自分の弁護を頼んでほしいと伝えた。所長の中杉弁護士が幾つかの冤罪を法廷で暴《あば》いたことをマスコミ報道で知っていたからだ。

以上が調書のあらましだった。

時任はメールを読み終えると、桐山理事官に電話をかけた。ツーコールで、通話可能状態になった。

「メール、ありがとうございました。まず織部陽介の話を聞こうと思ったので、数十分前に『大日亜物産』の本社を訪ねたんですよ。ですが、もう織部は帰った後でした。労務担当役員の戸板滋も社内にはいませんでしたね」

「そうなのか。織部の自宅の住所は調書に記載されてたな。世田区太子堂《たいしどう》の家《ヤサ》にいると思うよ」

「これから行ってみます。いったん織部に犯行を認めたほうがいいと言った渋谷署盗犯係の楠《くすのき》茂久《しげひさ》巡査部長は罪深いですね」

「そうだな。しかし、楠巡査部長が樋口敬吾と共謀して、織部を万引き犯に仕立てたわけじゃないと思いたいね」

桐山が言った。

「ええ、それはないと思います。樋口を使って織部を陥れたのは『大日亜物産』の戸板役員臭いんですが、それはミスリードなのかもしれません」

「えっ、そうなんだろうか。織部の弁護を担当した伊吹美寿々は樋口に浪費癖があって、知人や友人たちから金を借りまくってた事実を調べ上げた。そのことで、樋口が織部の上着に二百三十万円の高級スイス製腕時計を入れて万引き犯に仕立てた事実がわかった」

「樋口はそのことを認めたわけですが、渋谷署の留置場で自殺した。罪の重さに耐えられなくなったのかもしれませんが、背後にいる人物を見つけにくくなってしまいました」

「そうだね。渋谷署のその後の調べによると、樋口は『大日亜物産』の関係者とはまるで接点がないらしいんだ。『青木時計店』の代表取締役や店長も同じだというから、樋口が個人的に誰かに頼まれて、織部を万引き犯に仕立てたんだろうな」

「そうなんでしょうね。『大日亜物産』は、リーマン・ショック以降、暗躍してるリストラ請負人の力を借りて織部を職場から追放したかったんじゃないんだろうか」

「実態はなかなか把握《はあく》できてないが、大企業がリストラ請負人に依頼して、早期退職に頑《がん》として応じない中高年の男性社員を痴漢、下着泥棒、盗撮犯、万引き犯に仕立ててもらってるようだね」

「ええ。労務担当役員の戸板は、そうした闇仕事をしている連中に織部を陥れてもらったのかもしれません」

「そうだとしたら、借金だらけだった樋口敬吾はそういう奴に抱き込まれたんじゃないのかね。だから、『大日亜物産』とはなんの接点もなかったんだろう。時任君、それで得心《とくしん》できるよな？」

「はい、その線が考えられますね。今夜は無理でしょうが、樋口敬吾の遺族にも会ってみます。理事官、樋口はまだ独身だったんでしたっけ？」

「そう。明大前の賃貸マンションに住んでいたんだが、とっくに部屋は引き払われてる。実家は確か調布《ちょうふ》市内にあるはずだが、正確な住所は明日の午前中にメールで教えるよ。それでいいね」

「ええ。これから、織部宅に行きます」

時任は電話を切ると、シフトレバーをD《ドライブ》レンジに入れた。

織部宅を探し当てたのは、およそ四十分後だった。太子堂二丁目の住宅街の一角にあった。家屋は古めかしいが、敷地は百坪はありそうだ。実家なのだろう。

エルグランドを織部宅の大谷石《おおやいし》の塀の際《きわ》に停め、時任はすぐ運転席から出た。

門柱に歩み寄り、インターフォンを響かせる。ややあって、女性の声で応答があった。

「警視庁の者ですが、織部陽介さんはご在宅でしょうか」

「は、はい。ですけど、夫は入浴中なんですよ」

「それでは、車の中で少し待ちます」

「もう体は洗ったようですから、間もなく浴室から出てくると思います。あのう、まさか例の件で再捜査を……」

「いいえ、そうじゃありません。二月四日の夜、伊吹弁護士が殺害されましたよね。その事件の支援捜査を担当してるんですよ。時任といいます」

「そうだったんですか。それでしたら、全面的に協力させていただきます。伊吹先生には夫が大変お世話になりましたので。どうぞポーチまで……」

「それではお邪魔します」

時任は門扉《もんぴ》を押し開け、踏み石をたどりはじめた。内庭の樹木は手入れが行き届いていた。庭園灯の光で、割に明るい。

時任はポーチに達した。

ほとんど同時に、玄関のドアが開けられた。三十七、八歳の女性が姿を見せた。

「織部の妻の真利恵《まりえ》です。中にお入りになってください」

「ご主人に慌《あわ》てなくても結構ですとお伝えください」

「刑事さんのことは伝えましたので、じきに身繕《みづくろ》いを終えると思います」

「恐れ入ります」

時任は言って、警察手帳を呈示した。黒に見えるが、濃いチョコレート色だ。

「こちらでお待ちいただけますか」

真利恵が、玄関ホールに面した応接間のドアを開けた。時任は勧められ、重厚なソファに腰かけた。

真利恵がいったん応接間を出て、数分後に日本茶を運んできた。そのすぐ後、織部がやってきた。カジュアルな恰好《かっこう》だ。

時任は立ち上がって、姓だけを名乗った。織部が自己紹介し、時任の正面のソファに座った。商社マンらしく、物腰は柔らかかった。

「伊吹弁護士の事件の支援捜査をなさってらっしゃるそうですね」

「ええ。捜査は第二期に入ってしまったんで、こっちが応援に駆り出されたんです」

「伊吹さんには恩義がありますので、一日も早く犯人を捕まえていただきたいですね」

「頑張ります。伊吹弁護士が殺されることになったのは、織部さんの冤罪と関連があるかもしれないんですよ」

「えっ、そうなんですか⁉　そうとは考えてもみませんでした」

「あなたを万引き犯に仕立てた樋口敬吾は罪を悔やんで留置場で自殺したようですが、あちこちに借金があったんですよ」

「樋口はお金が欲しかったんで誰かに言われるまま、わたしを窃盗犯に仕立てようとしたんだろうか」

「そうなんでしょう」

「実はわたし、去年の六月にも濡衣《ぬれぎぬ》を着せられそうになったことがあるんですよ。山手線の中で痴漢行為をしたと、派手な恰好をした二十二、三の娘《こ》に大声で詰《なじ》られたんです。それで周《まわ》りにいた男の乗客たちに腕を摑まれて、羽交いじめにされたんですよ。わたしを痴漢呼ばわりした娘《こ》は、髪をブロンドに染めてました」

「えっ」

時任は思わず驚きの声をあげた。先夜、地下鉄電車の中で五十男を痴漢扱いした女だったのではないか。

「何か思い当たることがおありなんですか？」

「その娘《こ》の近くにスキンヘッドの若い男がいませんでした？」

「いいえ、そういう連れはいなかったと思いますが……」

「そうですか。たまたま地下鉄電車内で五十年配の男性が柄の悪いカップルに痴漢に仕立てられて、示談金をせびられそうになったのを阻止したことがあったんですよ」

「そうなんですか」

「女に連れがいなかったんなら、関連のない犯行なんでしょう」

「だと思いますね」

織部が言った。

「それで、あなたの場合はどうなったんです？」

「おかしなことなどしていないと証言してくれた乗客が何人もいたんですよ。それで言いがかりをつけた金髪娘は焦《あせ》って隣の車輛に移り、次の停車駅で……」

「下りて逃げたのか」

「ええ、そうなんです。ご存じかもしれませんが、わたし、去年の春に鮭の買い付けでしくじって会社に四億数千万円の損失を与えてしまったんですよ」

「そうみたいですね。それで、早期退職を促《うなが》されたんでしょ？」

「はい、そうです。それまで水産物の買い付けで、何十億円も会社に儲けさせたんですよ。だから、肩叩きには応じませんでした。すると、会社は厭がらせで窓際セクションにわたしを異動させたんです」

「陰険《いんけん》ですね、やり方が」

「わたしも理不尽だと感じたので、半ば意地で会社に居坐ってるわけなんです」

「織部さんのほかにも、理不尽な目に遭われた社員の方がいるんでしょ？」

「ええ、何十人もいますね。早期退職を断った者の七割が仕返しに陽《ひ》の当たらない部署に回されました。商取引で億以上のマイナスを作ってしまった二、三十代の若手でも冷や飯を喰わされてます」

「そうした方々の中に犯罪者に仕立てられそうになった人は？」

「ハニートラップに引っかかって、レイプ未遂犯にされそうになった男がいます。それから、置き引き犯に仕立てられかけた社員もいました。その彼は、駅のベンチで寝込んでしまった酔っ払いのビジネス鞄を盗んだと疑いをかけられたんですよ」

「織部さんは、そのことをどう思っています？」

「確たる証拠があるわけではありませんが、会社は早く辞めてほしい社員を誰かに犯罪者に仕立ててもらって、リストラを図りたいんじゃありませんかね。半グレたちがリストラ請負業みたいなことをしてるって噂があります。多分、そういう連中に……」

「労務担当の役員は、戸板滋さんなんですよね？」

「そうです。戸板は会社に何らかのプラスをもたらす社員以外は、斬り捨てるべきだと公言してるんですよ。現に扱いにくい社員たちには年齢に関係なく、しつこく転職を勧めてるんです」

「そうなんですか」

「そのくせ、戸板役員は誰の目にも無能と映る社員たちの何人かをリストラ対象のリストには入れていないんですよ」

「妙ですね。本当はリストラの対象になってたのに、労務担当役員は金品を貰ったんで、会社に残すことにしたんじゃないだろうか。臆測にすぎませんが、金に弱い人間はどこにもいますので」

「そうだったんでしょうね。刑事さんに言われて、その疑いがあると強く思うようになりました。戸板は労務担当の役員ですが、ほかの重役よりも報酬はだいぶ少ないんですよ。接待交際費も、そんなには遣《つか》えないと思います」

「そうなんですか」

「それなのに、銀座や赤坂の高級クラブにちょくちょく通ってるんです。車もベンツＳＬ600を乗り回してるんですよ。資産家の息子ってわけじゃないのに、妙に金回りがいいんです。あなたがおっしゃったように、戸板はリストラ対象者から金品を貰ってるんで、無能な社員たちをリストラしないんだろうな。意地の悪い見方をすれば、そんなふうにも疑えますよね。

それから、さらに……」

織部は言いさして、口を噤《つぐ》んだ。

「ここだけの話にしますんで、言いだしたことを喋っていただけませんか」

時任は身をのりだした。

「わかりました。言ってしまいましょう。戸板は誰もが厭《いや》がるリストラを一気に引き受け、外部の人間を使って辞めてもらいたい社員たちを犯罪者に仕立ててもらっているんで、会社から〝汚れ代〟みたいなものを得てるんじゃないんですか。特別手当は五十万や百万じゃないんでしょうね」

「〝汚れ代〟を会社から貰ってるんだろうか」

「もしかしたら、社員をひとりリストラ退職させたら、数百万の〝汚れ代〟を会社から貰ってるのかもしれませんよ」

「そうなら、金回りはよくなるだろうな」

「わたしのポケットに二百三十万円の高級腕時計を入れた樋口敬吾は、プロのリストラ請負人に抱き込まれたんですかね？」

「ええ、そうなのかもしれません。そして、リストラ請負人を雇ったのは、戸板とも疑えます」

「そうですね。戸板滋は出世欲の強いエゴイストですから、そこまでやりそうだな。そのことを伊吹弁護士は知ってしまったんで……」

「織部さんが推測した通りなら、『大日亜物産』の労務担当役員が殺し屋か誰かに伊吹弁護士を葬らせたのかもしれませんね」

「ええ」

「ところで、樋口があなたを万引き犯にしようとしたことを暴いたのは伊吹美寿々さんだったんでしょ？」

「そうなんですが、伊吹さんは先生筋の中杉弁護士にヒントを貰ったんで、樋口を割り出せたんだと言っていました。それから、無罪判決を得られたのも中杉先生の力添えがあったからだともおっしゃってたな」

「どんな力添えがあったんだろうか」

「具体的なことは話してもらえませんでした」

「そうですか。いただきます」

時任は日本茶を少し飲んでから、ソファから立ち上がった。応接間を出て、そのまま織部宅を辞する。

時任はエルグランドに乗り込み、エンジンを唸らせた。シフトレバーに手を掛けたとき、懐で私物のスマートフォンが震えた。

　時任は反射的にスマートフォンを摑み出した。ディスプレイを見る。発信者は理沙だった。

「最初は品田のお父さんに長友のアパートに行ってもらって、現職刑事を装い鎌をかけてもらったの。でも、長友が捜査本部事件に絡んでるような供述はまったく得られなかったのよ」

「やっぱり、ストーカー男はシロだったか」

「そういう心証を再確認したんだけど、念には念を入れたほうがいいと思ったの」

「それで？」

「品田のお父さんが長友の部屋から出てきて間もなく、対象が外出したのよ。とっさにわたしは色目を使って、バストを両手で持ち上げたの。そしたらね、長友は走り寄って来て、キスを迫ってきたのよ」

「キスぐらいさせてやったのか？」

「冗談じゃないわ。すぐに裏拳を水月《すいげつ》（鳩尾《みぞおち》）に極《き》めて、ちょっと退《さ》がって上段回し蹴りを入れてやった。倒れた長友を品田のお父さんが膝頭で押さえて手錠をかける真似をすると、泣きべそをかいてわたしたちの質問になんでも答えたの。その結果、長友はシロだと確信を深めたわけよ」

「そうか。二人に無駄骨を折らせてしまって悪かったな。おれのほうは手がかりになりそうな情報をキャッチしたよ」

時任は経過を話しはじめた。

4

線香の煙がほぼ垂直に立ち昇りはじめた。

時任は樋口敬吾の遺影を見つめ、静かに手を合わせた。調布市若葉町《わかばちょう》にある故人の生家だ。ありふれた二階家だった。

織部宅を訪ねた翌日の昼下がりだ。午前中に桐山理事官から樋口の実家の正確な住所を教えられていた。故人の母親の名が恭子《きょうこ》であることも聞いている。六十二歳だったか。

時任は合掌を解き、仏壇に背を向けた。目の前の座卓には茶が載っていた。故人の母は座卓の向こうに正坐している。

「三十七歳で、というのは、いくらなんでも早すぎますね」

「ええ。そうですけど、罪の重さに耐えられなかったんでしょう。敬吾は気が小さな子だったんですよ。学校の勉強もスポーツも苦手なんで、小中学生のころはクラスの腕白《わんぱく》な子たちにいじめられていました。乱暴されたくなかったんで、家のお金をくすねて……」

「いじめっ子たちに菓子をあげたりしてた？」

「そうなんですよ。中学生になると、放課後、いじめっ子たちにラーメンやカツ丼を奢《おご》ってやってたようです。そのときから、浪費癖がつきはじめたんですよ。高校生になると、わたしの財布からお札をくすねることはなくなりました。学校が休みに入ると、何かアルバイトをして、それで友人たちに何か奢っていたようです。大学は中退してしまったんですけど、周囲の人たちに飲み喰いさせて変な優越感を味わってたんでしょうね」

「気前のいい人間は、ちやほやされますからね。息子さんには、それが快感だったんでしょう」

「そうだったんだと思います。『青木時計店』に入社してもカードローンを利用して、同僚たちに大盤振る舞いをしてました。給料は特によかったわけではありませんので、当然、借金の額が大きくなっていきます。カードローンの借り入れ限度額を超《こ》えると、敬吾はサラ金の世話になるようになってしまったんです」

「借金の総額は？」

「七百万円を超えていました。利払いも滞《とどこお》らせていたんで、夫と相談して四百万円を肩代わりしてやったんですよ。それでも、三百数十万円の借金がありましたから、悪事の片棒を担いでしまったのでしょう。息子が万引き犯に仕立てた織部陽介さんにはなんの恨みもなかったはずです。一面識もなかった方ですんでね。敬吾は申し訳ないことをしてしまったと悔み、自分の命で償《つぐな》う気持ちになったんだと思います」

「そうなんでしょうね。こちらにお邪魔する前に息子さんの供述調書に目を通してきたんですが、中村《なかむら》と自称した三十代の男が仕事帰りの敬吾さんに接近して、『大日亜物産』に勤務している織部さんを万引き犯に仕立ててくれたら、二百万円払うと言って五十万円の着手金を握らされたと述べてます。そのとき、織部さんの顔写真と個人情報も一緒に……」

「そうみたいですね。渋谷署の方が自称中村の正体を突きとめようとしたみたいですけど、結局、わからなかったという話でした。そうなんでしょ？」

「ええ」

時任はうなずいた。

「息子はうまく利用されたんでしょう。借金を少しでも減らしたいんで悪事の片棒を担いでしまったんですけど、五十万を貰っただけだったようですからね。冤罪が暴かれたんで、敬吾は死を選ばざるを得なかったんでしょう。息子がしたことは犯罪ですので、責任は取るべきです。でもね、敬吾を使って織部さんを陥れた自称中村はもっと悪人ですよ。違いますか？」

「そう思います。織部さんの弁護をしていた伊吹美寿々という弁護士が二月四日の夜、帰宅途中に殺害されたことはご存じでしょ？」

「ええ。マスコミ報道で知って、とても驚きました」

「息子さんを利用した自称中村が、伊吹弁護士の事件に絡んでる疑いがあるんですよ。どんな小さなことでも結構なんですが、敬吾さんから自称中村に関することで聞いたことがあったら、教えていただきたいんです」

「息子は自称中村という男については何もわたしには話してくれませんでしたけど、妙なことを言ってましたね。一流大学を出て大手商社に入っても、先のことはわからない。そんな意味のことを言ってたんですよ」

「そうですか」

「敬吾は、自称中村が織部さんを犯罪者に仕立てて会社を辞めざるを得なくしようと企《たくら》んでると考えてたんじゃないのかしら？」

恭子が言った。

「ええ、そうだったんでしょう」

「自称中村は、『大日亜物産』の社員なのかもしれませんね」

「社員がそんなことをしたら、大手商社の企業イメージはダウンします」

「ああ、そうね。『大日亜物産』がリストラ請負人の自称中村に織部さんを万引き犯にしてほしいと頼んだのでしょうか？」

「その疑いはあると思います。そのことを調べ上げたんで、美人弁護士は自称中村に命を奪われたのかもしれません。そうでないとしたら、『大日亜物産』が殺し屋か誰かに伊吹弁護士を始末させた疑いがありますね」

「そうなんでしょうか」

「息子さんが勤めていた『青木時計店』の上司や同僚たちは通夜か告別式に訪れたんでしょ？」

「亡くなり方が亡くなり方なので、密葬だったんですよ。それでも、会社の方たちはあらかた弔問《ちょうもん》に訪れてくれました。わたしは悲しみでまともに他人《ひと》さまと会話ができなかったんですけど、夫が会社の人たちに自称中村という男のことも訊いてました」

「それで？」

「残念ながら、敬吾を悪事に引きずり込んだ謎の人物に関する情報は何も得られなかったようです」

「そうなんですか。ご協力、ありがとうございました」

時任は恭子に礼を言って、すぐに立ち上がった。

八畳の和室を出て、玄関ホールに向かう。時任は樋口宅を辞去し、路上に駐《と》めてあったエルグランドに乗り込んだ。私物のスマートフォンを取り出し、寺尾理沙のスマートフォンを鳴らす。午前中に彼女に頼んだことがあった。

電話が繋がった。

「ちょうど時任さんに連絡しようと思ってたのよ。いま伯父の家にいるの」

「そうか。『大日亜物産』の戸板はブラックがかった奴と交友があるって？」

「伯父が調べてくれたところによると、戸板は会社の与党総会屋である神宮誠《じんぐうまこと》、五十三歳とつき合いがあるそうよ。労務担当役員は早期退職に頑として応じない四、五十代の社員のスキャンダルを神宮に見つけさせて、七人を依願退職させてたみたいなの」

「それは、いま現在も……」

「ううん、そういう強引な手を使ったのは一年ぐらい前までだったみたいよ。株主総会で野党総会屋が戸板と神宮の黒い関係を問題にしたんで、汚い手口のリストラは控えざるを得なくなったらしいの」

「そうか」

「でも、裏で与党総会屋の神宮が同じことをやってリストラ対象者を依願退職に追い込んでる疑いはあるんじゃない？」

「考えられるな」

「わたし、ちょっと神宮誠の動きを探ってみるわよ。伯父が神宮の事務所の所在地まで調べてくれたの。自宅の住所もわかるわ。神宮と戸板がどこかでこっそり落ち合ってたら、いまも強引な手でリストラ対象者を追い込んでるんじゃない？」

「そうだろうか。本業のほうの仕事を後回しにしてもいいのかい？」

「ええ、大丈夫よ」

「なら、神宮って『大日亜物産』の番犬のことを少し調べてくれないか」

「わかったわ。時任さんは、もう樋口敬吾の遺族に会ったの？」

理沙が訊いた。

時任は、樋口の母親から聞いたことをかいつまんで喋った。

「樋口敬吾は子供のときによくいじめられたんで、何か奢ることで相手の機嫌を取ってたのか。なんだか切なくて哀しい話ね」

「そうだな」

「樋口はそんな防衛本能が働いて、大人になっても周囲の人間に奢りまくってたのね。自分のサラリーでは足りないんで、消費者金融の世話になってたなんて……」

「身から出た錆《さび》なんだが、自称中村に唆《そそのか》されて織部陽介を万引き犯に仕立てたのに、五十万円の着手金しか貰えなかった。間抜けな話じゃないか」

「ええ、それに哀《あわ》れよね？」

「だな」

「時任さん、ちょっと待って。伯父が電話を替わってほしいんだって」

理沙の声が途切れ、剣持勇の声が耳に届いた。

「時任さん、どうも！」

「何かとお世話になっています。今回の隠れ捜査にも協力してもらうことになってしまって、すみませんね」

「なあに、気遣いは無用でさあ。わたしら筋者は警察に厄介になってるんです。できることは協力させてもらいまさあ」

「ありがたい話です」

「『大日亜物産』の労務担当役員の戸板が一年ほど前まで与党総会屋を使って、スキャンダルや弱みのあるリストラ対象者を追い込んで辞表を書かせてたという情報は間違いないと思うね。けど、会社は野党総会屋に株主総会でそのことを追及されちまったんだから、もう神宮に同じことはさせてないだろう」

「そうかもしれませんね」

「しかし、リストラで人員を削減したいはずだから、外部のリストラ請負人を雇ってるにちがいない。自称中村って奴が戸板役員に使われてると考えられるが、そのうち縁を切る気でいるだろうな」

「織部の冤罪のからくりがバレてしまったからですね？」

「そう。遣り手のリストラ請負人を探してると思うよ、戸板はさ。時任さん、チャンスじゃないか。凄腕のリストラ請負人に成りすまして、戸板に探りを入れてみなさいよ。そんな汚い手は使いたくないってことなら、わたしが代わってやってもいい」

「ちょくちょく違法すれすれの捜査をやってるんです。剣持組長に煩《わずら》わしいことはさせられません。自分で戸板滋に鎌をかけてみますよ」

時任は言った。

「そうかい。大企業のリストラ請負人は何人かいることは確かなんだが、裏社会に気になる噂が流れはじめてるんだ」

「どんな噂が流れてるんです？」

「〝貶《おとし》め屋〟と呼ばれてる集団が多くの人間を確実に犯罪者に仕立て、社会的な信用を失墜《しっつい》させるという非合法ビジネスで荒稼ぎしてるようなんだ。ニュータイプの犯罪者組織の首領《ドン》が何者かはわかってないんだが、暗躍してることは間違いないだろう」

「ボスの正体だけではなく、メンバー数や目的もはっきりしないんですね？」

「そうなんだ。堅気の集団とは考えにくいと思うんだが、破門された元組員たちの集まりでもなさそうなんだよ。半グレ連中でもないようだ」

「不気味ですね」

「そうだな。前置きが長くなっちまったが、噂の〝貶め屋〟が織部陽介を犯罪者に仕立てたんじゃないかとも思えてきたんで、時任さんに直《じか》に伝えたかったんだ」

「いい情報をありがとうございました」

「なあに。いま、理沙と替わる」

剣持の声が熄《や》んだ。待つほどもなく理沙の声が響いてきた。

「伯父の近くで、遣り取りを聴かせてもらったわ。樋口を使って織部陽介を万引き犯に仕立てさせたのは、ただのリストラ請負人なんじゃないかもしれないわよ。噂の〝貶め屋〟が関与してるとは考えられない？」

「考えられなくはないだろうな。自称中村という男を捜すのは雲を摑むような話だ。どんなに時間をかけても、そいつを割り出すことは難しいにちがいない」

「ええ、そうでしょうね。謎だらけの〝貶め屋〟を調べてるうちに、自称中村のことが浮かび上がってくるんじゃないかしら？」

「そうかもしれないな。おまえさん、伯父貴から〝貶め屋〟に関する情報をできるだけ集めてくれないか」

「了解！」

「頼むな。おれは公衆電話を使って、戸板滋に鎌をかけてみるよ」

時任は通話終了ボタンをタップした。その直後、品田から電話がかかってきた。

「渋谷署盗犯係の楠茂久に直《じか》に会ってきたよ。楠は取調室で、織部にいったん窃盗の事実を認めたほうがいいと説得したことを素直に認めた」

「そうですか。楠巡査部長が誰かとつるんでて、織部を早く地検送りにしたという疑いはありそうでした？」

時任は訊《き》いた。

「こっちは楠を見据えたまま、ストレートに質問をしたんだ。何を訊いても、楠がうろたえることはなかったな。視線を焦って外すこともなかったよ」

「嘘をついたとは一度も感じませんでした？」

「そうだね。楠は二百三十万円の高級腕時計に織部の指紋が幾つも付着してたんで、万引きしたことは間違いないと思ってたらしいんだ。早く送致すれば、検事の心証もよくなって織部の求刑も軽くしてもらえると考えたから……」

「いったん窃盗を認めたほうがいいと説得しただけで、他意はなかったと楠茂久はきっぱりと言ったんですね？」

「そうなんだよ。自称中村とは繋がってなかったんだと判断してもいいだろうな」

「わかりました」

「その後、係長《ハンチョウ》に収穫は？」

「樋口の母親からは特に手がかりは得られませんでしたが、剣持組の組長から気になる話を聞いたんですよ」

「早く聞きたいね」

品田が急《せ》かした。時任は『大日亜物産』の番犬ともいえる与党総会屋のことに短く触《ふ》れ、〝貶め屋〟のことをつぶさに話した。

「その噂は、こっちも耳にしたことがあるよ。〝貶め屋〟は依頼人が何者だろうが、標的を確実に犯罪者に仕立て多額の成功報酬を得てるってことだったな」

「堅気《ネス》や半グレの連中は、そこまで完璧な仕事はこなせないでしょう？　懲戒免職になった警察官、自衛官、麻薬取締官たちで結成された組織なんじゃないんだろうか」

「係長、そうなのかもしれないよ。そいつらは単に頼まれたことをこなすだけではなく、犯罪者に仕立てた者たちから口止め料めいたものを脅し取ってるんじゃないのかな」

「おやっさんの筋読み通りなら、噂の犯罪者集団は何か大それた野望を持ってるのかもしれませんね」

「闇社会の新しい支配者になりたいと願ってるんだろうか。あるいは、カルト教団か過激なテロリストと結びついてて手っ取り早く軍資金を調達したいと考えてるのかね」

「そこまではわかりませんが、〝貶め屋〟と噂される集団のことが気になってきました」

「こっちもだ」

「おやっさん、もう自分のオフィスに戻ってください。本業以外のことで出歩いてばかりいると、奥さんに叱られるかもしれないでしょ？」

「聡子は口では割り切って浮気調査もやればって言ってるが、本気で発破をかけてるわけじゃない。こっちが採算を度外視して失踪人捜しに励んでると、とても嬉しそうな顔をするんだよ」

「いい奥さんですね。おれは戸板に探りを入れたら、『中杉総合法律事務所』に行ってみるつもりです。おやっさん、助《ス》けてもらってありがとう。また、連絡します」

時任は電話を切って、エルグランドを走らせはじめた。低速運転しながら、目で公衆電話を探す。

しかし、いっこうに見つからない。しばらく車を走らせなければならないだろう。

時任はアクセルペダルを深く踏み込んだ。

第五章　透けた陰謀

1

ようやく公衆電話ボックスが見つかった。

樋口宅から五キロほど離れた場所だった。

時任は、テレフォンボックスの近くの路肩にエルグランドを寄せた。グローブボックスからボイス・チェンジャーを取り出し、ごく自然に車を降りる。

あたりに人影は見当たらない。時任は公衆電話ボックスに入り、ボイス・チェンジャーを使って『大日亜物産』の代表電話番号をプッシュした。

交換台に繋がり、オペレーターが出た。

「お待たせいたしました」

『景気展望』の記者ですが、労務担当役員の戸板さんに電話を回していただけますか」

「お声が聴こえにくいのですが……」

「風邪で声がよく出ないんですよ」

「そうでしたか。ただいまお繋ぎいたします」

「お願いします」

時任は、すぐにボイス・チェンジャーを外した。戸板に不審がられる恐れがあったからだ。

「お待たせいたしました。戸板です。取材のお申し込みでしょうか？」

「そうじゃないんですよ」

「どなたなんです？」

「わかりやすく言えば、リストラ請負人ですね。おたくの会社も人員削減がうまくいってないことはわかってる」

「いや、リストラはうまくいってます」

「戸板さん、本当のことを言いなさいよ。あんたがリストラ対象者から金品を貰ってリストから外してることをバラしてもいいのかな？」

「わたしは、そんなことはしていない。会社にとって役に立ってない中高年社員は早期退職させてる。無能な社員に袖の下を使われたって、リストラの対象者リストから外すわけないじゃないかっ」

「そこまで言っちゃっていいのか。おれは、あんたが何人もの使えない社員から銭を貰ってる証拠を握ってるんだよ。そういう汚れた金で、ドイツの高級車を購入したこともわかってる」

時任は、ぞんざいに言った。

「えっ」

「そういうことが会長や社長に知られたら、あんたは解任されるだろうな」

「わ、わたしを強請《ゆす》ってるのかっ」

戸板が声を尖《とが》らせた。

「そんなケチな男じゃないよ。あんたが一年ぐらい前まで『大日亜物産』の番犬の神宮誠に四、五十代の社員のスキャンダルを見つけさせて、依願退職に追い込んでたことも調べ上げた。しらばっくれても、意味ないぞ」

「…………」

「すでにリストラ請負人を雇ってるんだろうが、あまり効果は上がってないにちがいない。おれは、リストラ対象者を必ず依願退職させてやる。しかも、成功報酬は安くしておく」

「ひとりにつきいくらで……」

「謝礼は百万でいいよ。ただし、十人や二十人じゃ請け負えないな。最低百人のリストラを注文してくれないとね」

「わずか百万で、無能な社員たちを会社から追い出してもらえるのか？」

「声が和《なご》んだな。こっちの話に乗る気になったようだな。一度、どこかで会おうじゃないか」

「夕方までは予定が入ってるんだ」

「それ以降でもかまわない。落ち合う場所と時間は、あんたが決めてくれ」

「人目のない場所で会いたいな。大井《おおい》ふ頭《とう》中央海浜公園は知ってる？」

「ああ。だだっ広い自然公園だよな？」

「そうだ。東側の〝スポーツの森〟には、十二面のテニスコートがある。そのテニスコートの前で、午後七時に落ち合おう。おたくの特徴や服装を教えてくれないか」

「こっちがあんたに声をかけるよ。もし来なかったら、あんたは『大日亜物産』にいられなくなるぞ」

「わかってるよ」

「それじゃ、後で会おうや」

時任は電話を切り、テレフォンボックスを出た。エルグランドに乗り込み、虎ノ門に向かう。

目的地に着いたのは小《こ》一時間後だった。

時任は車を裏通りに駐《と》め、表通りに足を向けた。貸ビルの十七階にある『中杉総合法律事務所』を訪ね、所長との面会を求めた。

中杉所長は快く面会に応じてくれた。時任は奥の所長室に通され、中杉弁護士とコーヒーテーブルを挟んで向かい合った。

「重要参考人が捜査線上に浮かびましたか？」

「残念ながら、そうではないんですよ。中杉さんにまた協力していただきたくて、お邪魔したのです」

「そうですか。協力は惜しみませんよ」

「『大日亜物産』の織部陽介さんを万引き犯に仕立てた樋口敬吾は、自称中村という男に抱き込まれて……」

「もちろん、そのことはわかっています。樋口は二百万円の成功報酬欲しさに織部さんに窃盗罪の濡衣を被せた。五十万円の着手金を貰っただけで、残りの百五十万円を受け取る前に樋口は渋谷署の留置場で自殺してしまった」

「ええ、そうですね。伊吹さんは自称中村の正体を突きとめたんで、命を奪われてしまったのではないかと筋を読んだんですよ」

「おそらく、そうだったんだろうな。しかし、伊吹弁護士から自称中村の正体を突きとめたという報告は受けてないんですよ。ですんでね、わたしは自称中村がリストラ請負人だったのではないかと推測しただけで……」

中杉が語尾を濁した。

ちょうどそのとき、ドアが軽くノックされた。女性事務員が洋盆《トレイ》を持って入ってきた。時任の前にはコーヒーが置かれ、中杉がタンブラーを受け取った。

「刺激の強い飲みものは体が受けつけなくなってるんですよ。これですと、喉の通りがよくなるんです」

「どこかお悪いんですか？」

「肺癌《はいがん》なんですよ。もう手術はできないステージなんだが、まだ仕事はできる。ちょっと疲れやすくなりましたが、やらなければならないことがたくさんあるんで、もっと生きたいんだ」

「お辛いようでしたら、すぐに引き揚げましょう」

「ご心配なく」

「そうですか」

時任は短い返事をした。中杉弁護士が闘病中であることは知らなかった。

しかし、言われてみれば、健康そのものには見えない。痩《や》せこけてはいないが、血色はよくなかった。肌にも張りがない。

「失礼します」

女性事務員が一礼し、所長室から出ていった。

「少し余談を許してください。あなたは、この国の行く末に危ういものを感じませんか？」

「いまの政権が右傾化してることが気になりますね。国民の民意を無視するような形で法案を強硬に通すようなやり方は民主的ではありません。民主主義のルールに反しています」

「民自《みんじ》党は唯我独尊《ゆいがどくそん》に陥っていますね。国の舵取《かじと》りをしてる政治家や官僚は真っ先に自分が得することを優先させてる。国民の声に真剣に耳を傾けようとはしていないでしょ？」

「そうですね」

「悪いのは国会議員やキャリア官僚だけではありません。財界人たちも駄目ですね。大半の大企業が政権与党の民自党と癒着《ゆちゃく》して、自分たちが利することばかり願ってる。連立の公《こう》正《せい》党も政権を担《にな》いつづけたいと考えてるだけと受け取られても仕方ないな」

「カメレオンとからかわれても、強く言い返せないでしょうね。一度政権を執《と》った最大野党の憲友《けんゆう》党も、すっかり存在感がなくなりました」

「そうだね。憲友党は理想論に走りすぎて国の舵取りにしくじり、また野党に逆戻りしてしまった。派閥争いをしている場合じゃないんだが、権力闘争に明け暮れてたので支持者が離れることになった」

「ええ、そうでしたね」

「ほかの野党同士も反発し合ってて、現政権を倒す気なんかなくなってしまったようだ。野党がそんなふうだから、民自党はやりたい放題なんですよ。公正党は、民自党の言いなりだ。憲友党を中核にした野党連合を結成しないと、この国は取り返しのつかないことになってしまうかもしれません」

「そうした危惧《きぐ》はあると思います」

「政官財がずぶずぶの関係をつづけてたら、いまに日本は独裁国家に成り下がるでしょう」

「そこまでひどいことにはならないと思いますが、与党の暴走は喰いとめなければいけませんよね」

「つい力《りき》んでしまったな。話を脱線させて申し訳ありません」

「中杉さんは熱血青年のようで、とても清々《すがすが》しかったですよ。大半の国民は政治不信に陥ってますので、それぞれ不満があっても諦めが先に立って……」

「それがいけないんですよ。長いものに巻かれないよう、不平不満は表に出すべきです。選挙権を無駄にしてはいけません」

「そうなんですがね」

「もうやめましょう。話を元に戻しますよ。自称中村が何者なのかわかれば、捜査本部事件の加害者の割り出しはできるのではないかってことでしたね？」

「ええ、そう考えています。自称中村がただのリストラ請負人ではないだろうと思ったのは、気になる噂を耳にしたからなんですよ」

時任は言った。

「それは、どんな噂なんです？」

「俗に〝貶《おと》め屋〟と呼ばれてる連中が、まともな人間を犯罪者に仕立てて多額の報酬を得てるようなんですよ。そいつらは、おそらく犯罪者に仕立てた相手から口止め料や揉み消し料もせしめてるんでしょう」

「だとしたら、あくどい連中だね。自称中村は〝貶め屋〟のメンバーで、『大日亜物産』の依頼で樋口敬吾を抱き込んで、織部陽介さんを万引き犯に仕立てさせたんでしょうか」

「そう疑えないこともないですね。謎の犯罪者集団を率《ひき》いてる人物がどこの誰かは見当もつきませんが、カルト教団、過激派、アウトローたちと結びついているとしたら、何か大きな陰謀の軍資金づくりに励んでるのかもしれません」

「それ、考えられますね」

中杉が膝を打った。

「あなたもそう思われますか」

「ええ。ひょっとしたら、〝貶め屋〟のメンバーは北朝鮮かイスラム原理主義のテロリストグループと裏で繋がってるんじゃないか。あるいは、日本の過激派セクトが手を結んで現政権の崩壊を狙っているとも考えられるな。現閣僚や民自党の大物議員は有名企業からヤミ献金を受け取っているはずです。その証拠を握れば、〝貶め屋〟のメンバーは政治家と財界人の双方を脅迫して多額の口止め料をせしめられるでしょう」

「そうでしょうね。政治家の女性スキャンダルや大会社の不正も恐喝材料にできますよ。〝貶め屋〟がその気になれば、何百億円も脅し取れるでしょう」

「あなたのおっしゃる通りだろうな。〝貶め屋〟はリストラ請負だけではなく、財力のある者たちを犯罪者に仕立てて口止め料や揉み消し料の名目で金を毟《むし》ってるんではないかな」

「ええ、多分ね」

「義賊のように奪った金を貧しい人々に配るんだったら、救いもあります。しかし、そうではないんだろうな」

「一種の義賊なら、一般庶民には拍手されるでしょう。しかし、そんな立派な恐喝犯がいまの時代に存在するとは思えません。いたら、いいですがね」

時任は微苦笑した。

そのとき、中杉弁護士がむせて激しく咳《せ》き込みはじめた。いかにも苦しげだ。少し経《た》つと、咳は鎮《しず》まった。だが、長居をするのはためらわれた。

時任は暇《いとま》を告げ、所長室を出た。『中杉総合法律事務所』を後にして、エレベーターで貸ビルの一階に下る。

裏通りに向かって歩いていると、懐で刑事用携帯電話が鳴った。時任は歩きながら、ポリスモード《ポリスモード》を上着の内ポケットから摑み出した。発信者は桐山理事官だった。

「少し前に一課長室に呼ばれたんだよ。笠原課長に『大日亜物産』は神宮誠と不適切な関係にあるという告発電話が警視庁にあったことにして、事情を聴きたいと今夜にでも戸板の自宅を訪ねてはどうかと提案されたんだ。時任君、どう思う？　きみの率直な意見を聞かせてほしいんだ」

「それは得策ではないでしょう」

「得策じゃない？」

「ええ。理事官、いま歩行中なんですよ。車に乗り込みますので、このまま少しお待ちください」

時任はエルグランドに駆け寄り、急いで運転席に乗り込んだ。

「もう車の中に入ったかな」

「はい。実は、戸板に罠を仕掛けたんですよ」

「どんな罠を？」

桐山が問いかけてきた。時任は経過を伝えた。

「戸板と自称中村に接点がないかどうか確かめるんだね？」

「そうです。午後七時に大井ふ頭中央海浜公園のテニスコートの前で戸板と会うことになっていますので、焦《あせ》らないほうがいいでしょう」

「そうだね。笠原課長には、そう伝えよう。きみの筋読みでは、戸板は大手商社の番犬総会屋に織部の冤罪《えんざい》を仕組ませたんではなく、〝貶め屋〟を使ったと……」

「ええ、そう思いはじめています。神宮は一年数カ月前まで戸板に頼まれて、『大日亜物産』のリストラ対象者に濡衣を着せて辞表を書かせてたんでしょう。しかし、いまはそういうことはしていないようです。何かと癒着してる神宮にリストラの手伝いをさせてたら、戸板はまずいことになると考えたんじゃないですか」

「そうなんだろうな。戸板は、待ち合わせの場所にひとりで現われるんだろうか。ボディーガードとして、こっそり神宮を同行させる気なんじゃないのかな」

「そうかもしれませんね」

「番犬が物騒《ぶっそう》な物を持ってたら、時任君、すぐに正体を明かしてくれな。充分に気をつけろよ」

理事官が先に電話を切った。時任はポリスモードを懐に戻した。

ほとんど同時に、今度は私物のスマートフォンが震動した。手早くスマートフォンを取り出す。発信者は寺尾理沙だった。

「赤坂見附《あかさかみつけ》にある神宮の事務所の近くで張り込んでるんだけど、柄の悪い奴らが何人も出入りしてたわ。そいつらをスマホで隠し撮りして伯父のパソコンに送信したんだけど、どうも暴力団組員じゃないみたいなのよ」

「そうか。おそらく神宮は半グレみたいな人間たちを雇って、何かダーティー・ビジネスをやってるんだろう」

「でしょうね」

「それはそうと、『大日亜物産』の戸板滋に罠を仕掛けたんだ」

時任は詳しいことを喋った。

「わたし、レンタカーのプリウスの中にいるのよ。戸板は神宮を用心棒《ケツモチ》にする気なんじゃない？　神宮が大井ふ頭方面に向かったら、時任さんに教えるわ」

「いや、その必要はないよ。予想できることだからな。それよりも、神宮が外出したら、立ち寄った場所と接触した人物をしっかり頭に入れてほしいんだ」

「わかったわ。自称中村は、〝貶め屋〟のメンバーっぽいわね。戸板は番犬総会屋にリストラの手伝いを長くさせておくと何かと都合が悪いと思って、〝貶め屋〟のメンバーに織部陽介を犯罪者に仕立ててもらったんじゃない？　だけど、その仕組まれた万引き事件は伊吹美寿々に見抜かれてしまった」

「大筋は、そうなんだろうな。そして、伊吹弁護士は〝貶め屋〟を使ったのが労務担当役員の戸板だと調べ上げた。戸板が殺し屋《プロ》に伊吹美寿々の口を封じさせたと疑えるが、商社マンにはそれだけの度胸も覚悟もないだろう」

「わたしも、そう思うわ。となると、〝貶め屋〟が臭くなるわね」

「捜査本部事件の被害者が〝貶め屋〟の正体を突きとめたんだったら、きっと謎のグループに永久に口を封じられたにちがいない」

「ええ、そうなんでしょうね」

「おれ、まだ昼飯を喰ってないんだ。どこかで腹ごしらえをして時間を潰《つぶ》してから、大井ふ頭中央海浜公園に行くよ」

「わかったわ。時任さん、油断しないでね」

理沙が通話を切り上げた。

時任は車を発進させ、芝公園の近くにあるレストランをめざした。そこで肉料理を食べ、近くのファミリーレストランに移った。

時任はコーヒーを二杯飲み、紫煙をくゆらせつづけた。ファミリーレストランの駐車場を出たのは午後六時半だった。

エルグランドを第一京浜《けいひん》に乗り入れ、大井方面に向かう。国道十五号線だ。南大井一丁目交差点を左折し、東京モノレールの大井競馬場前駅の先を今度は右に曲がる。

少し進むと、左手前方に大井ふ頭《と》中央海浜公園が見えてきた。いつしか暗くなっていた。

時任は外周路にエルグランドを駐め、運河沿いにある公園に足を踏み入れた。

園内に入るのは初めてだった。想像していたよりも、はるかに広い。東側には、テニスコート、野球場、陸上競技場などがある。西側の運河沿いには一キロほどの人工海浜があって、釣りや磯遊びができる水辺になっていた。

やがて、時任はテニスコートのある場所に達した。テニスコートは闇の底に横たわり、人っ子ひとりいない。静まり返っている。

時任は煙草を喫いながら、戸板が現われるのを待った。

一服し終えたとき、暗がりの向こうで二つの人影が縺《もつ》れ合った。短い悲鳴をあげたのは理沙だった。どうやら神宮誠に尾《つ》けていることを覚《さと》られ、頸部《けいぶ》か喉元に刃物を密着されたようだ。

時任は二人に駆け寄った。五十三、四歳の男が理沙の喉元にサバイバルナイフの鋸歯《セレーション》を押し当てていた。

「わたしの後ろにいるのが神宮よ。樹木の間に身を隠して、わたしを待ち伏せしてたの」

「おまえら二人は、リストラ請負人らしいな。戸板さんは、ここには来ないぜ」

「それなら、それでもいいさ。神宮、銃刀法と脅迫容疑で逮捕《パク》られたくなかったら、サバイバルナイフを足許に落とせ！」

時任は神宮に命じた。

「刑事《デカ》に成りすまそうってのか」

「そう思ったか」

「まさか本物じゃねえよな!?」

神宮が狼狽《ろうばい》した。

時任は警察手帳を懐から取り出し、ライターの炎を近づけた。神宮が悪態をついて、刃物を持つ右腕を下げた。すかさず理沙がサバイバルナイフを奪い、セレーションを神宮の首筋に当てる。

「逃げようとしたら、首から血煙が派手に上がるわよ」

「わかったから、刃物を引っ込めてくれ」

「声が震えてるな。『大日亜物産』の戸板に頼まれて、こっちの正体を突きとめるつもりだったんだなっ」

時任は神宮に言った。

「そうだよ」

「戸板は織部陽介が早期退職しなかったんで、万引き犯に仕立ててもらったんだろ?」

「………」

「急に日本語を忘れたか。暴発したことにして、一発ぶっ放すか。そうすれば、口を割りそうだからな」

「う、撃たないでくれ。そうだよ。戸板さんは、〝貶め屋〟と呼ばれてる新しいタイプの悪党集団に織部が会社にいられないようにしてくれって頼んだみたいだな。細かいことは教えてくれなかったが、四百万の成功報酬を払うことになってたそうだ。着手金として、百万は払ったらしいよ」

「そっちは一年数カ月前まで、戸板のリストラの手伝いをしてたな?」

「そこまで知られてたのか。まいったな。そうだよ。リストラ対象者の弱みを押さえて、三十数人を依願退職に追い込んだんだ。そのうちのひとりが鉄道自殺したんで、強引なリストラはしばらくしなかったんだよ。けど、織部は鮭《さけ》の買い付けで四億数千万円の損失を会社に与えたので、できるだけ早く追い払いたかったみたいだな」

「戸板は袖の下を使ったリストラ対象者は、リストから外してやってたんじゃないのか？」

「そうみたいだな。大手商社に勤めてりゃ、喰いっぱぐれる心配はないから、五百万円を差し出す奴が何人もいたらしいよ。戸板さんは社員をひとりリストラ退職させると、会社から二百万円の特別手当を支給されてたんだ。だから、セックスペットを二人も飼えたのさ」

「戸板の私生活の乱れをとっくりと聞かせてもらおうか。腹這いになれ！」

「おれは犬じゃねえぞ」

神宮が気色《けしき》ばんだ。

理沙が無言で後方に退《さ》がり、中段回し蹴りをくれた。

神宮が突風に煽《あお》られたように体をふらつかせ、地に倒れ込んだ。時任は大股で神宮に近づいた。

2

愛人宅は戸建て住宅だった。

『大日亜物産』の戸板は、二十二歳と二十四歳の姉妹を渋谷区西原《にしはら》の借家に囲っている。平家だが、割に大きい。間取りは4LDKだろうか。

時任はエルグランドから降りた。

午後八時半を過ぎていた。大井ふ頭中央海浜公園から、戸板の愛人宅に回ってきたのだ。

神宮は赤坂見附の事務所に帰らせた。無罪放免にしたわけではない。いったん泳がせ、理事官直属の別働隊にいずれ検挙させるつもりだ。

寺尾理沙も同行していない。理沙はレンタカーを営業所に返したら、下北沢にある自宅マンションに帰るはずだ。

時任は周囲に視線を巡《めぐ》らせた。

無人だった。時任はラテックスの手袋を嵌めてから、戸板の愛人宅の低い門扉《もんぴ》に近づいた。内錠を外し、そっと敷地内に入る。

神宮の話によると、戸板が世話をしている美人姉妹は荻須《おぎす》という姓だ。姉が真希《まき》、妹が結《ゆ》未《み》というらしい。

どちらも声優だけで生計を立てられないようで、銀座のクラブで週に三回ほどヘルプとして働いていたそうだ。店の客だった戸板が荻須姉妹のパトロンになったのは、およそ一年五カ月前だという。

時任はピッキング道具を使って、玄関のドア・ロックを外した。

ドアを細く開けると、アニメソングが響いてきた。テレビの音声ではない。どうやら戸板が荻須姉妹に人気アニメ番組の主題歌を歌わせているようだ。

時任は家の中に忍び込み、アンクルブーツを脱いだ。玄関ホールを抜き足で進み、リビングルームのドアを細く開ける。

人気アニメのヒロインのコスチュームをまとった美人姉妹がマイクを握って、楽しげに熱唱中だ。戸板はソファに腰かけ、ロックグラスを傾けている。ガウン姿だった。

「カラオケは終わりだ」

時任はドアを大きく開け、居間に躍《おど》り込んだ。姉妹が不安顔で見つめ合って、身を寄せ合う。カラオケの伴奏音が熄《や》んだ。

「この男は知り合いなのか？」

戸板が愛人の姉妹に問いかけ、ロックグラスをコーヒーテーブルの上に置いた。姉妹が無言で首を振る。

「押し込み強盗か。いや、その声には聞き覚えがあるな。昼間、わたしに電話をしてきたリストラ請負人だなっ」

「そうだ。あんたは約束の場所に来なかった。代わりに番犬総会屋の神宮が姿を見せたが、ちょいと痛めつけたら……」

「神宮からの連絡が遅いんで、おかしいと思ってたんだ。きさまがわたしに罠を仕掛けたんだな。いったい何者なんだ？　警察を呼ぶぞ」

「その必要はない」

「どういうことなんだ⁉」

「こっちは警視庁の刑事なんだよ」

時任は上着の内ポケットからＦＢＩ型の警察手帳を抓《つま》み出し、高く掲《かか》げた。すると、左手にいる愛人の荻須真希が口を開いた。

「それ、ポリスグッズの店で売ってる模造の警察手帳なんでしょ？」

「本物だよ」

「やだ、パパは何をやったんですか⁉」

「きみはどっちなんだ？　姉の真希さんかな」

「そうです。横にいるのが妹の結末です」

「二人とも数十分、別の部屋に移ってくれないか」

「パパはどんな悪いことをしたの？」

「具体的なことは教えられないが、きみらが貰ってる月々の手当は犯罪絡みの汚れた金なんだろう。こっちの指示に従わないと、二人ともパトロンがいたことが世間に知られてしまうぞ。そうなったら、どっちもプロの声優になることは難しくなるだろう」

「わたしも妹もプロの声優になりたかったので、3Pに応じる気になったんですよ。パパとの関係をテレビ局の人やファンに知られたら、夢を摑めなくなっちゃうわ」

「協力してくれたら、きみらを取り調べたりしないよ」

時任は言った。語尾に荻須結未の声が被さった。

「わたし、言われた通りにします。でも、パパを逮捕しないでください。わたしたち二人は毎月、戸板のパパから六十万円ずつ貰ってるんです。声優の仕事では姉もわたしも月にまだ五、六万円しか稼げないから、愛人手当が入らなくなったら……」

「夢を諦《あきら》めなければならなくなる？」

「ええ。わたしたち二人は生活を安定させて夢をどうしても実現させたかったんで、恥ずかしさを堪《こら》えて3Pもしてきたんです」

「戸板をすぐに検挙するつもりはないから、姉さんと別室に移動してくれないか」

時任は結末に言った。

結末が姉と目配せし、ほどなく居間から消えた。時任は戸板と向かい合う位置に坐った。

「あんたが不正な手段で別収入を得てきたことは、もう調べ上げてる」

「えっ」

「あんたはリストラの対象者から袖の下を貰って、リストから外してやってるな。肩叩きに成功した場合は、会社から特別手当を貰ってるんじゃないか」

「そんな事実はないっ」

戸板が憮然《ぶぜん》とした表情で言い、両腕を組んだ。

「空とぼける気なら、緊急逮捕することになる」

「緊急逮捕だって⁉」

「ああ、そうだ。あんたは、鮭の買い付けで会社に四億数千万円の損失を与えた織部陽介が依願退職する気がないんで、卑劣な手を考えた」

「そう言われても、身に覚えがない」

「織部を万引き犯に仕立てて、『大日亜物産』にいられなくしてやろうと企《たくら》んだ。東光百貨店のテナント時計店で働いてた樋口敬吾が織部の上着に二百三十万円の高級腕時計を巧みに入れたんで、窃盗事件になった」

「織部は腕時計のコレクターだったようだから、魔が差したんだろう。仕組まれた万引き事件なんかじゃないよ。現に織部は犯行を認めたから、地検に送られて起訴されたんだろう」

「織部が取り調べに当たったベテラン刑事の説得に応じて、安易に犯行を認めてしまったのはまずかった。しかし、法廷では一貫して犯行を否認しつづけたんで、無罪判決が下されたのさ」

「東京地検は、どうして控訴しなかったのか不思議だね」

「それは、織部を万引き犯にした樋口敬吾が罪の大きさに耐えられなくなって獄中自殺した事実を検察は無視できなかったからだ」

「そうなのかな。わたし個人は、いまでも織部は有罪と思っているが……」

「世話を焼かせやがる」

時任は薄く笑って、ショルダーホルスターからシグP230Jを引き抜いた。安全弁を掛けたまま、戸板に銃口を向ける。

「な、何をする気なんだ⁉」

「場合によっては、あんたを撃つ！」

「日本の警察官は、むやみに発砲できないはずだ」

「あんたが刃物を振り回したってことにすれば、正当防衛は成立する」

「なんて刑事なんだっ」

「最初は、『大日亜物産』の番犬総会屋の神宮が樋口を抱き込んで織部を万引き犯に仕立てたと推測したんだよ。しかし、その筋読みは外《はず》れてた。神宮は一年数カ月前まで、あんたのリストラに手を貸してた。だが、織部を陥れてはいないことがわかったんだ」

「………」

「あんたは、自称中村という男に織部を犯罪者に仕立ててくれと頼んだ。そうなんだろっ」

「違う！　わたしは、そんな奴に何か頼んだ覚えはない」

戸板が言下《げんか》に否定した。

時任は拳銃のセーフティー・ロックを解除し、スライドを滑らせた。

「これで、初弾は薬室に確実に送り込まれた。後は引き金《トリガー》の遊びを絞って一気に引くだけで、銃弾は発射される。至近距離だから、被弾したあんたは死ぬだろうな」

「頼むから、撃たないでくれ。まだ死にたくないんだ」

「美人姉妹ともっと3Pを娯《たの》しみたいか？」

「セックスだけじゃない。わたしは誰もがいやがるリストラをずっとやらされてきたんだ。専務ぐらいまで出世しなかったら、割に合わないじゃないか」

「死にたくなかったら、自称中村のことを喋るんだな」

「そんなことをしたら、わたしは殺されてしまうかもしれない。おたくにありったけの金を渡すから、わたしが織部を犯罪者に仕立てて、自主的に辞表を書くように仕向けようとしたことには目をつぶってくれないか。三千万、いや、四千万円は用意できる。なんなら、荻須姉妹をあんたに譲ってやってもいいよ」

「見くびるんじゃない！」

「悪かった。おたくを見くびったわけじゃないんだよ。たいがいの男は、金と女が好きだから……」

「どっちも嫌いじゃないよ。しかし、おれは刑事なんだ」

「どんないい条件を出しても、お目こぼしはしてもらえないか」

「当然だろうが！」

「わたしはどうすればいいんだ⁉」

戸板が頭を抱え込んだ。

「おれは気が短いんだよ。もう撃つぜ！」

「待ってくれ。自称中村のことを話す。本名は室井《むろい》肇《はじめ》で、五十三歳だよ」

「職業は？」

「二年半前に急死した民自党の外村賢太郎《そとむらけんたろう》の公設秘書だった男だ。ボスは外村派の領袖《りようしゆう》だったんだが、だいぶ勢力は衰《おとろ》えてた。室井は外村の第一秘書だったんだが、ボスが死んだんで職を失ってしまった。そんなことで自棄《やけ》になったようで、やくざ以上の悪党《ワル》になったんだ」

「非合法ビジネスで荒稼ぎするようになったんだな？」

「そう。室井は悪賢くて、自分ではまったく手を汚さないんだよ。懲戒免職になった警察官、自衛官、刑務官、麻薬取締官、不良外国人なんかを使って、財界人、IT起業家、資産家、各界の名士《セレブ》なんかを何らかの犯罪者に仕立て上げ多額の口止め料をせしめてから、示談《じだん》屋を買って出て相当額の謝礼を得てるようなんだ」

「マッチ・ポンプ屋みたいなことをやってるのか」

「そういうことになるね。室井は大企業の不正の証拠を配下の者に押さえさせ、企業恐喝《きようかつ》も働いてるにちがいないよ。その一方で、大会社のリストラも請け負ってる」

「あんたは、その室井とは以前から親しくしてたのか？」

時任は訊いた。

「四年ほど前にある大物経済人の米寿《べいじゆ》のお祝いのパーティー会場で知り合って、年に数回一緒に外洋でトローリングをするようになったんだ。趣味が共通だったんだよ」

「そういう繋がりがあったんで、自称中村こと室井肇に織部陽介を万引き犯に仕立ててくれと頼んだんだな？」

「そうだよ。室井には五百万円の成功報酬を払うという約束で、半分を前渡しした」

「織部を万引き犯にした樋口は五十万円の着手金を貰っただけなんだ。室井は二百万を自分の懐に入れ、あんたにも残りの半金を要求したんだろうな」

「織部が起訴されたんで、残りの半分も室井にちゃんと払ったんだ。しかし、地裁が無罪判決を下したんで、室井は後で渡した分は返してくれたよ」

「そうか」

「それからね、中村と騙《かた》ってるのは室井だけじゃない気がするんだ。おそらく手下の何人かが自称中村で通してるんじゃないかな。なんとなくそんな気がしてるんだ」

「あり得ないことじゃなさそうだな。あんたは、織部を万引き犯に仕立ててもらったことを冤罪の弁護活動に励んでた伊吹美寿々に覚《さと》られてしまったので……」

「わたしは女弁護士の事件には何も関わってないぞ。伊吹弁護士がわたしの身辺のことを調べてるようだったんで、まずいなとは感じてた。だが、殺人事件には絡んでないよ」

「室井に伊吹美寿々を殺《や》らせたという疑いは残るな。正直にならないと、一発見舞うぞ」

「そ、そんなことさせてないよ。どうして信じてくれないんだっ」

戸板が苛立《いらだ》たしげに言った。

「あんたは汚いことをやって私腹を肥やし、若い姉妹を愛人として囲ってる」

「だからって……」

「そんな人間の言葉を鵜呑《うの》みにするほど甘くないよ。心根の腐った奴は平気で嘘をつく。だから、信用できない。覚悟しろ！」

時任は銃把《グリップ》に両手を掛け、息を詰めた。銃身が静止する。

「お願いだから、撃たないでくれーっ」

戸板が涙声で哀願した。すっかり怯《おび》え、わなわなと全身を震わせている。

「嘘はついてなさそうだな」

「女弁護士はわたしを密かに尾行してて、室井と接触する場面を目撃したのかもしれないな。室井はリストラ請負のほかに社会的な成功を収めた人たちを犯罪者に仕立て、口止め料を配下の者たちに脅し取らせてから、示談役を買って出て多額の謝礼を得てたんだ」

「そういう話だったな」

「それだけじゃない。室井は企業恐喝を働き、贈収賄容疑のある双方を強請《ゆす》ってるにちがいない。ヤミ献金を受け取った保守系国会議員から裏金をそっくり吸い上げ、贈賄側の企業からは億単位の口止め料をせしめてるんだろう」

「ああ、おそらくな」

「室井は凄腕《すごうで》の仕手《して》集団を使って相場操縦させ、数十億円を短い間に稼ぎ出したと得々と喋ったこともある。そうした数々の犯罪を伊吹美寿々に知られてしまったら、生かしておいては身の破滅を招く」

「そうだな。室井肇が一連の悪事を美人弁護士に知られてしまったとしたら、配下の誰かに伊吹美寿々を始末させるだろう」

「そうでしょ？　室井は民自党の各派閥のリーダーに素っ気なくされたんで、破れかぶれになってしまったんじゃないのかな。外国人マフィアや半グレ集団を焚《た》きつけて、闇社会の新支配者になる野望を懐《いだ》いてるんじゃないだろうか」

「冤罪ビジネス、企業恐喝、マッチ・ポンプ商売に励んで、軍資金をせっせと稼いでるんではないか。あんたは、そう推測してるんだな？」

「そう。特に失うものがない人間が開き直ったら、どんな悪さもやれるだろうからね。室井自身から聞いたことはないが、本当は政治家になりたかったんじゃないか」

「多分な。だから、有力な国会議員に長く仕えて政界入りするチャンスをうかがってたのかもしれない。しかし、頼みの外村議員が急死してしまったんで、政界デビューの夢は潰《つい》えた」

「張りのなくなった室井は闇社会を牛耳《ぎゆうじ》ることで、男の征服欲を充《み》たそうとしてるんじゃないのかな。彼は人を束《たば》ねて何かでっかいことをやりたがるタイプだからね」

「そういう人間であっても、ベテランの国会議員だったわけじゃない。公設秘書だった男がそれほど大きな野望を遂げられるほど甘くはないさ」

「ま、そうだろうな。室井肇を裏で動かしてる大物がいそうだね」

「そうなら、室井は単なるダミーの主犯なんだろう。室井は民自党の大物議員の誰からも目をかけられてなかったのかな？」

「室井が仕えてた外村議員は、現首相の岡部隆三《おかべりゆうぞう》が属してた民自党最大派閥の政策が時代に逆行してると党内批判を重ねてたからね。そんな先生に仕えてた室井は、岡部総理大臣だけではなく、大半の閣僚にも嫌われてただろう」

「室井の自宅はどこにあるんだ？」

「家族のいる自宅は神奈川県の海老名《えびな》市にあるんだが、公設秘書時代は千駄ヶ谷の賃貸マンションで独り暮らしをしてたんだ。その後はホテルを塒《ねぐら》にしてるようだな。数カ月単位で都内のホテルを転々としてるみたいだが、わたしはスマホのナンバーしか知らないんだ」

「室井のスマホのナンバーを教えてくれ」

時任は拳銃をホルスターに戻し、刑事用携帯電話《ポリスモード》を懐から取り出した。

戸板が自分のスマートフォンの住所録で確認しながら、室井のナンバーをゆっくりと告げた。時任はそのナンバーをポリスモードに登録し、すぐに通話ボタンに触れた。

だが、コールサインが虚《むな》しく返ってくるだけだった。

「電話、繋がらないようだな」

戸板が言った。時任は無言でソファから立ち上がった。

「わたしのことを見逃してくれるのか？」

「そういうわけじゃないが、今夜は引き揚げる。汚い手で社員をリストラさせてきたことに後ろ暗さを感じてるんだったら、退任しろ」

「そんなことはできない」

「なら、室井に織部を万引き犯に仕立てさせたことで数日中にあんたは検挙されることになるな」

「それも困るよ。少し考える時間を与えてくれないか。お願いだ」

戸板が縋《すが》るような眼差《まなざ》しを向けてきた。時任は小さくうなずき、居間を出て玄関ホールに急いだ。

3

相模川《さがみがわ》の土手道に車を乗り入れる。

時任はステアリングを捌《さば》きながら、欠伸《あくび》を嚙み殺した。寝不足で頭が重い。

前夜、時任は荻須宅を出ると、都内のシティホテルに電話をかけまくった。しかし、室井肇の名で宿泊している者はいなかった。

おそらく元国会議員秘書は偽名でチェックインしたのだろう。時任はそう筋を読み、エルグランドで都心の主要ホテルを一軒ずつ訪ね回った。刑事であることを明かし、捜査に協力を求めた。だが、室井肇と思われる五十年配の泊まり客はどこにもいなかった。

元国会議員秘書は客室数の少ない小さなホテルか、ビジネスホテルに投宿しているのかもしれない。時任は、そうした宿泊施設も回ってみた。しかし、徒労《とろう》に終わった。

悪事を重ねていると思われる室井は、ウィークリーマンションかマンスリーマンションを転々としているのではないか。時任は主だったマンスリーマンションも訪ねてみた。

だが、やはり結果は虚しかった。数えきれないほど室井のスマートフォンを鳴らしてみた。しかし、いつも電話は繫がらなかった。

やむなく捜査を打ち切り、時任は自宅マンションに戻った。すっかり夜が明けていた。時任は三時間ほど仮眠をとり、熱い風呂に入った。簡単な朝食を摂《と》ると、室井の自宅に向かって車を走らせはじめた。

東名《とうめい》高速道路の厚木《あつぎ》ＩＣで一般道に下《お》りたのは、ちょうど午前十一時だった。室井の自宅は海老名市の外れにあるはずだ。寒川町《さむかわまち》寄りだった。

時任は二十分ほど土手道を進み、住宅街に入った。それから間もなく、室井宅を探し当てた。ありふれた二階家だが、敷地は広かった。

時任はエルグランドを室井宅の生垣《いけがき》に寄せ、すぐに運転席から出た。インターフォンを鳴らす。

少し待つと、スピーカーから中年女性の声で応答があった。

「どなたでしょうか？」

「警視庁の者です。失礼ですが、室井肇さんの奥さまでしょうか？」

「はい、妻の和枝《かずえ》です。室井が交通事故にでも遭《あ》ったんですか？　ううん、そうじゃありませんよね。そうなら、自宅に連絡があるはずですので」

「インターフォン越しでは、少し話しにくいんですが……」

「すぐにそちらに行きます。少しお待ちください」

「わかりました」

時任は門柱から一メートルほど離れた。

待つほどもなく玄関から室井の妻が姿を見せ、門扉に足早に近づいてきた。地味な印象を与える。五十一、二歳だろうか。

時任は警察手帳を短く見せ、姓だけを名乗った。

「和枝です。どうぞお入りください。娘が家におりますが……」

「それでしたら、娘さんに遣《や》り取《と》りを聴かれないほうがいいでしょう。といって、ここで立ち話も目立ちますね。庭先で話しましょうか」

「は、はい。どうぞお入りください」

和枝が西洋芝を踏んで、陶製のガーデンチェアのある場所まで進んだ。時任は室井夫人の後《あと》に従った。

二人は、おのおのガーデンチェアに腰かけた。ひんやりとする。

「夫の身に何があったんでしょう？」

「あなたのご主人は命を狙われてるんですよ」

時任はもっともらしく言った。とっさに思いついた作り話だ。

「本当なんですか⁉　いったいどうして夫は命を狙われることになったのでしょう？　室井

は月に一度ぐらいしか自宅《こっち》に帰ってきませんし、わたしがスマホに電話しても忙しそうで数分しか話ができないんですよ。議員秘書の派遣の仕事がうまくいってるようなんで、それはそれで嬉しいことなんですけどね。あんまり忙しいのも、妻としては淋しいわ。やっぱり、コミュニケーションは大事でしょ？」

「ええ。室井氏は奥さんには、議員秘書派遣ビジネスでそれなりに儲けてると言ってたのですか」

「そうではないんですか⁉　事業がうまくいってるとかで、夫から毎月百万円の生活費を渡されてるんですよ。国会議員秘書のころは、月に五十万円弱の生活費しか貰えなかったの。だから、少し余裕のある暮らしができるようになったと喜んでたのに」

「そうですか」

「夫は何か法に触れるようなビジネスをしているのですね？」

和枝が溜息をついてから、時任の顔を正視した。

「ご主人は大企業の依頼で、中高年社員のリストラを請け負ってるようなんですよ。リストラ対象者を犯罪者に仕立てて、辞表を書くよう仕向けてるんです。依頼人が大会社ですので、多額の成功報酬を得てるんでしょう」

「そんなダーティーな商売をしてたなんて信じられないわ」

「でしょうね。ご主人はサラリーマンのリストラに協力してただけじゃないんですよ。経済人、IT起業家、資産家、各界の名士たちを犯罪者に仕立てて、手下の者に口止め料を脅し取らせた疑いが濃いんです。その後、あなたの夫は罠《わな》に嵌《は》められた相手に罪を揉み消してやると称して多額の謝礼を貰ってたようなんですよ。いわゆるマッチ・ポンプと呼ばれてる悪事ですね」

「ああ、なんてことなの」

「未確認情報なんですが、ご主人は配下の者たちに企業恐喝もさせてるようですね。それから、仕手集団に相場操縦をさせて数十億円を稼ぎ出したと思われます」

「夫が非合法ビジネスで荒稼ぎしてるなんて言われても、やはり信じられません。室井は大学生のころから政治家になる夢を抱いてました。二年半前に急死された民自党の外村賢太郎先生の書生《しょせい》からスタートして、三十代の前半で第一公設秘書になったんですよ」

「いずれは政界にデビューする気だった?」

時任は確かめた。

「はい、そうです。外村議員の後押しで四十三歳のときにある選挙区から参院選に出馬することにほぼ決まってたんですよ。でも、党内の最大派閥の領袖が推《お》すキャリア官僚を出馬させる意向があったので、夫は立候補を断念せざるを得なかったんです。外村先生は派閥の力学で政治をやってはいけないと各派閥のボスに文句をつけてくれたんですけど……」

「外村議員に同調するボスはいなかったんですね？」

「そうなんです。夫は尊敬する外村先生を困らせたくないということで、政治家デビューを諦めたんですよ」

「そうだったんですか」

「外村先生は昔から強引な改憲はよくないと表明していましたので、ほかの派閥のボスとは反《そ》りが合わなかったんですよ。ですから、先生が急死されたら、夫は別の国会議員の秘書になれなかったのです。岡部首相には外村先生と同じように疎《うと》まれていました。そんな主人が議員秘書の派遣ビジネスで成功するはずありませんよね。刑事さんがおっしゃったように、室井はダーティーな仕事で悪銭を得てたんでしょうね。そんなことにも気づかないなんて、わたしは妻失格だわ」

「ご主人は奥さんに上手に嘘をついてたんでしょう」

「そうだったんでしょうけどね。わたし、鈍《にぶ》すぎました。それはそうと、室井はなぜ汚いビジネスに手を染めてまで大金を手に入れたかったのかな。それがわかりません」

和枝が考える顔つきになった。

「あなたのご主人は政治家になる夢を諦める代わりに、闇社会の新しい帝王になる気になったのかもしれません」

「それは考えられませんね。主人は若いときから、闇の勢力を嫌ってたんです。民自党の元《げん》老《ろう》たちが裏で無法者《むほうもの》たちを束ねてる顔役やフィクサーと黒い関係にあることを嘆《なげ》いていましたし、本気で怒ってたんですよ。そういう夫が裏社会を自分で支配したいなんて考えるわけありません」

「反社会的な連中をそこまで嫌ってたというなら、奥さんの言った通りなんだろうな。しかし、政治家を志すようなタイプの人間は人の上に立って束ねたいという気持ちが強いはずです。ご主人は大物政治家になる夢を実現させられなかったので、裏社会の新支配者になりたくなったんじゃないんでしょうか」

「いいえ、違うと思います。議員秘書は激務の割には、経済的には恵まれていないんです。ベテランの国会議員秘書でも、年収一千万円を得ている方は少ないと思います。先生からお中元やお歳暮を分けていただくという余禄《よろく》はありましたけどね。もしかしたら、夫は義賊を志願したのかもしれません」

「経済的に豊かではない私設秘書たちにカンパしたくて、ダーティー・ビジネスを……」

「そうなんじゃないのかしら?」

「あなたのご主人の犯罪動機はよくわかりませんが、脅迫相手の誰かに殺害される恐れがあるんですよ。室井氏に共犯者か黒幕がいるとも考えられますので、ひとまず保護したいんです。ですが、投宿先をまだ割り出せないんですよ。電話も繋がりません。もたもたしてると、ご主人は葬られてしまうでしょう。奥さんは、ご主人の投宿先をご存じなんではありませんか？」

「保護という言い方をされましたけど、刑事さんは室井を捕まえる気なんでしょ？」

「あなたのご主人が複数の犯罪を認めれば、緊急逮捕することになるでしょうね。しかし、犯行を否認しつづけたら、あくまで保護ってことになります」

「でも、いずれは室井は手錠を打たれるんですよね？」

「仮にそうなっても、殺されるよりはマシでしょ？　命を奪われたら、もう家族は室井氏には二度と会えなくなる。奥さん、それでもいいんですか？」

時任は和枝を見据えた。

「わかりました。夫は今月の末まで、世田谷区宮坂《みやさか》にある『クレド豪徳寺《ごうとくじ》』というマンスリーマンションの八〇一号室を借りてます」

「ありがとうございます。奥さん、刑事が自宅に来たことをご主人に絶対に言わないでくださいね。マンスリーマンションから逃げ出したら、恐喝の被害者に雇われた殺し屋に始末されるかもしれませんので」

「室井には、あなたが訪ねてきたことは教えません。保護したら、よく調べてくださいね。身びいきかもしれませんが、わたし、夫が非合法な手段で荒稼ぎしてるって話がまだ信じられないんですよ。そう信じたいだけなのかもしれませんけどね」

「もちろん、ちゃんと調べます。犯罪の裏付けが取れるまでは決して被疑者扱いはしませんよ」

「よろしくお願いしますね」

和枝がくぐもり声で言い、下を向いた。涙ぐんでいることは間違いない。

「ご協力に感謝します。これで失礼します」

時任はガーデンチェアから腰を上げ、室井宅を辞した。

エルグランドに乗り込み、厚木ＩＣに向かう。一キロほど走ったとき、懐で刑事用携帯電話《ポリスモード》が着信音を刻んだ。桐山理事官からの電話だろう。

時任は車をガードレールに寄せ、ポリスモードを取り出した。やはり、発信者は理事官だった。

「少し前に関東御三家の本部にプラスチック爆弾を搭載《とうさい》したドローンが激突して多数の死傷者が出たようなんだが、自称中村が本庁に犯行声明のメールを送信してきたんだよ」

「ドローンを飛ばしたハンドラーの目撃証言はどうなんでしょう？」

「赤坂の住川会《すみかわかい》本部の近くで、アフリカ系と思われる大柄な黒人の男が複数人に目撃されてるんだ。日本にいるナイジェリア人マフィアの一員なのかもしれないな」

「その不審な黒人はドローンやコントローラーを手にしてたんですか？」

「いや、それは未確認らしい。ただ、怪しい黒人男は茶色のキャリーバッグを引きながら、住川会本部ビルの前を行きつ戻りつしてたという話だった。そいつがプラスチック爆弾を載せたドローンを飛ばしたと考えてもいいんじゃないか」

「ええ、疑わしいですね」

「首都圏で最大の勢力を誇る住川会の六階建ての本部ビルは半壊して、居合わせた二人の理事が爆死したようだよ。重傷者は二十人前後いるそうだ。周辺のビルやマンションも爆風で、だいぶ損壊してるらしい」

「そうですか。赤坂に本拠地を置く稲森会《いなもりかい》と新宿の関東桜仁会《おうじんかい》の本部の被害状況を教えてください」

　時任は言った。

「どちらも死者が一名ずつ出て、救急搬送された者がそれぞれ数十人ずついるそうだ」

「そちらの爆破犯と思われる人間は目撃されてるんですか？」

「いや、そっちの二カ所は不審者の目撃情報はないらしいんだよ。どちらもドローンを飛ばした実行犯は金で雇われた奴なんだと思うね。そいつらが日本人か外国人かは不明だがね。住川会の本部ビルを爆破したのは、黒人の男臭いな。そのことを考えると、ほかの爆破犯も外国人マフィアの一員なんじゃないのか」

「そうなんですかね」

「本庁《うち》に犯行声明をメールで送りつけてきた人物は中村という姓だけを名乗ってる。〝貶め屋〟を仕切ってる自称中村は、元国会議員秘書の室井肇と思われるんだったな」

「ええ」

「室井は大企業のリストラ請負をこなしてるだけじゃなく、財界人、ＩＴ起業家、資産家、各界の有名人を犯罪者に仕立て口止め料をせしめた後、マッチ・ポンプで揉み消し料を得てる疑いがあるんだったね？」

「ええ。それから、企業のさまざまな不正を恐喝材料にして口止め料も脅し取ってるんでしょう」

「そういう話だったな。室井肇は仕えてた外村議員が急死した後、別の国会議員の公設秘書になることができなかった。それで投げ遣りになって恐喝集団のリーダーになり、裏社会の支配図を塗り替える気になったんじゃないのか」

「神戸の最大組織が分裂して、双方が勢力を拡大してる時期で関東やくざもどっちの団体を支援するかで迷っているようです」

「そうだね。室井は、なんとなく落ち着かなくなってる裏社会の隙《すき》を衝《つ》いて取りあえず関東やくざの御三家の弱体化を狙って爆破騒ぎを起こしたんじゃないのかな」

　桐山が言った。

「堅気だった室井が、そんな大それたことを考えるでしょうかね。さっき室井の自宅を辞したばかりなんですが、奥さんの話では旦那は闇社会の連中を嫌って軽蔑さえしてるようだというニュアンスのことを言ってたんですよ」

「そうなのか」

「そんなふうに思っていた元国会議員秘書が、本気で裏社会の新支配者になりたいと願うものだろうか。よく考えてみると、リアリティーがないんですよね」

「そう言われると、確かにな」

「室井肇が汚い手を使って、荒稼ぎしていることは間違いないと思います。多分、何かの軍資金を工面《くめん》する必要があるんでしょう。しかし、闇社会の新しい帝王になりたがってると思わせたいだけなのかもしれませんよ」

「つまり、関東御三家の本部を爆破したのはミスリード工作なんじゃないかってことだね？」

「そう思えてきたんですよ。堅気がアウトローや外国人マフィアたちに助《ス》けてもらっても、広域暴力団を次々にぶっ潰すなんてことは無理でしょ？」

「だろうね。関東やくざや神戸の巨大組織にある程度の打撃を与えることはできても、壊滅させることはできないだろう。室井が負けるとわかってる喧嘩をするわけないか」

「ええ、そう思います。室井は汚れた金で何か別のことをやろうと考えてるんでしょう。政治家を志《こころざ》してた男ですから……」

「夏の参院選に出馬するための選挙資金集めのため、さまざまなダーティー・ビジネスに手を染めたのかもしれないな。キャリア官僚じゃなくても、莫大《ばくだい》な選挙資金があれば、国会議員になれなくはないだろう。金ですべての有権者が自分に投票してくれるはずはないが、買収される連中もいるにちがいない。高額な謝礼を払えば、名のある政治家や著名人が応援演説をしてくれるんじゃないかね。時任君、どう思う？」

「無名の元議員秘書が立候補しても、せいぜい一、二万程度の票しか獲得できないでしょう。室井は夏の参院選に出馬する気なんかないと思いますね」

「負ける戦《いくさ》はしないか」

「でしょうね。室井は政治家になる夢は諦めたようですが、政治そのものに興味を失ったわけじゃないんでしょう」

「そうだろうね。室井は非合法ビジネスで得た巨額の金を政治絡みのことで遣《つか》うつもりなんだろうか」

「多分、そのつもりでいるんでしょう」

「なるほど、考えられそうだね。ところで、奥さんから室井の宿泊先を聞き出せたのかな？」

「ええ。これから、そのマンスリーマンションに行くとこだったんですよ」

時任は詳しい経過を話しはじめた。

4

筋肉が強張《こわば》りはじめた。

長時間、張り込んでいるせいだろう。いつものことだった。

時任はエルグランドのフロントガラス越しに、『クレド豪徳寺』に視線を向けていた。あと数分で、午後六時になる。

時任は目的のマンスリーマンションに着くと、すぐに八階に上がった。マンスリーマンションの運営会社の社員を装って、八〇一号のインターフォンを鳴らす。

ややあって、室井がドアを開けた。軽装だった。

時任は何か不都合はないかと訊《たず》ねた。室井は首を振り、来訪者を犒《ねぎら》って八〇一号室のドアを閉めた。

時任は専用捜査車輛の中に戻り、室井が動きはじめるのを待った。

しかし、いっこうに部屋から出てこない。時任は張り込む前に買った弁当で空腹を充《み》たし、ペットボトルの茶で喉を潤《うるお》した。

懐で私物のスマートフォンが震えた。発信者は元刑事の私立探偵・品田だった。時任は三時間ほど前に電話で捜査の流れを教えてあった。

「係長《ハンチョウ》、室井肇の知人たち数人に鎌をかけてみたんだが、外国人マフィアとは繋がりがないようだったな」

「そうですか。となると、住川会本部ビルにプラスチック爆弾を搭載したドローンを激突させた大柄な黒人男の雇い主は室井じゃなかったんだろうな」

「ああ、多分ね。しかし、桜田門に犯行声明メールを送信したのは室井なんだろう。〝貶め屋〟を仕切ってる室井は捜査当局に闇社会の壊滅を狙ってると思わせたくて、偽の犯行声明メールを警視庁に送ったんじゃないのか？」

「ええ、そうなんでしょう」

「室井はミスリード工作をして、どんな野望を遂げる気でいるのか。係長《ハンチョウ》、どう筋を読んでる？」

「汚れた金を集めたのは、政治に関する野望のために遣う気なんでしょう」

「室井肇は、夏の参院選に出馬する気なのかね。政治家になりたかったんで、長いこと外村議員に仕えてたんだよな。だったら、自分の選挙資金を捻出《ねんしゅつ》するためにダーティー・ビジネスを重ねてきたのかもしれないぞ」

「おやっさん、室井は政治家になる夢は諦めてるはずですよ。仕えてた外村は、民自党のハト派でした。現内閣を後押ししてるタカ派の議員たちのナショナリズムは危ういと事あるごとに言っていました。岡部総理は露骨に外村を嫌ってたな」

「そうだったね。同じ民自党の議員でも、岡部総理は外村を敵視してた。そんな議員の第一秘書だった室井も好かれるわけないか」

「ええ。総理に同調してる党内派閥の領袖たちも、室井を敵視してたんでしょう。それだから、室井は外村が急死したら、ほかの議員の公設秘書にもなれなかった」

「民自党に味方が少ないんじゃ、将来は明るくないね。岡部総理に冷たくされたのは、室井だけじゃないな」

「そんな人物がいましたっけ？」

時任は言った。

「ああ、いるよ。二〇〇九年に民自党が惨敗して、最大野党だった憲友党政権が誕生した。しかし、公約違反などで無党派層を失望させた。現実から目を逸《そ》らして、理想的なスローガンばかり掲げてたからな」

「そうでしたね。経済の立て直しもできないまま、福島の原発事故の後処理もうまくやれなかった。そのことで、さらに支持層が離れてしまった」

「そうだったな。野《や》に下《くだ》った民自党はすっかり自信を失ってたが、政権党に返り咲く機会が巡ってきた。二〇一二年に民自党は圧勝して、公正党と連立政権を担うことになった。一部のマスコミしか報じなかったが、民自党を返り咲かせたのは選挙プロデューサーの帯誉《おびほまれ》だったんだ」

「その帯は毎朝日報《まいちょうにっぽう》の政治部長を務めた後、フリーの政治アナリストになって民自党の知恵袋と言われてたんでしょ？」

「そう。二〇一二年には選挙プロデューサーとして巧みな戦術で、民自党を勝利に導いた。それで、岡部内閣は成立したわけだ」

「民自党にとって帯誉は大恩人になるはずですが、最近は話題にも出なくなっちゃったでしょ？」

「そうだな。三世議員の岡部は政治家としてのプライドが高いから、帯に感謝をしながらも……」

「凄腕の選挙プロデューサーの進言や助言に従ってたら、自分はただのロボットじゃないかと感じはじめたんだろうな。だから、だんだん帯誉を遠ざけるようになったんでしょうね。民自党にふたたび政権を執《と》らせてやったと帯は自負してただろうから、冷遇されて不快になったにちがいない」

「と思うよ。恩義を忘れるような最大与党に何か仕返しをしてやりたくなっても仕方ないだろうな」

「そうでしょうね。岡部総理は夏に衆院を解散させて、衆参同日選を狙ってるのではないかと一部のマスコミは報じてた。ダブル選挙で大勝すれば、民自党が単独政権を担《にな》えるかもしれません」

「そうだね。そうなれば、連立を組んできた公正党の意見にいちいち耳を傾ける必要はなくなる。係長《ハンチョウ》、岡部総理に疎《うと》まれた室井肇と帯誉が手を組んで、夏の参院選で民自党を惨敗させようと企んでるんじゃないのかね」

「何らかの方法で、選挙妨害をする気なんだろうか。民自党は長いこと官財界と癒着してきた。そのことは国民の多くが知ってるでしょうが、不適切な関係の具体例までは詳しくはわからないと思います」

「そうだね。室井と帯なら、ヤミ献金授受の証拠も入手可能にちがいない。癒着の実態を怪文書にして有権者たちにばら撒《ま》けば、民自党に票が集まらなくなるだろう」

品田が言った。

「ええ、そうなるでしょうね」

「係長、室井は遣り手の選挙プロデューサーと手を組んで公正党に単独で政権を執らせる気なのかもしれないぞ」

「おやっさん、それはないと思いますよ。巨大教団を支持母体にしてる公正党に単独で政権を執らせたら、岡部総理とは別の形で舵取りをミスりそうですから」

「確かにね。一度だけ政権を担ったことのある憲友党を圧勝させたいと室井と帯が根回しをしてるとは考えられないかな？」

「憲友党員は二十三万数千人しかいないし、党費も七十億円そこそこのはずですよ。最大与党の民自党は二百四十億円前後の党費を有し、財界や各種の業界団体からの献金も多い」

「ああ、そうだね」

「長いこと憲友党を支持している巨大労働組合のカンパはそう多くないでしょうから、室井が非合法ビジネスで得た金を注ぎ込んでも、いったん離れてしまった無党派層の支持を得ることは難しいと思います」

「そうだろうな。憲友党は代表派とアンチ代表派が反目《はんもく》し合ってるから、単独で政権党にはなれないか」

「ええ、無理でしょうね。ただ、岡部政権の強引な政策の進め方を危険だと感じている有権者は少なくないでしょう。だから、野党各党をうまく共闘させれば、現政権を倒すことは可能かもしれません」

「係長、室井と帯が手を結んでるとしたら、そういう絵図を画《か》いてるんじゃないのか」

「室井の動きを探れば、何か透けてくるでしょう。おやっさん、情報をありがとう」

時任は電話を切った。ほとんど同時にスマートフォンがまた震動した。

電話をかけてきたのは寺尾理沙だった。時任は張り込んで間もなく、理沙に伯父の剣持から連続爆破事件に関する情報を集めてほしいと頼んであった。

「報告が遅くなって、ごめんなさい。伯父はあっちこっちから情報を集めてたらしくて、さっき連絡があったのよ」

「そうか。で、室井肇が不審な黒人の男と接触したという情報はあった？」

「ううん、そういう噂はまったく裏の世界には流れてないらしいわ」

「そう」

「関東やくざの御三家の本部を爆破した事件には、元国会議員秘書は関与してないんじゃない？」

「そうなのかもしれないな」

「伯父が集めた情報の中に、ちょっと気になる話があったのよ。武闘派やくざ集団として知られる福岡の九友会《きゅうゆうかい》の幹部たち数人が三カ月ほど前から幾度も上京して、新宿、渋谷、池袋で不良外国人に声をかけ、飲み喰いさせてたんだって」

「住川会の本部ビルの近くで目撃された大柄な黒人男は、九友会の幹部に奢《おご》ってもらった外国人マフィアのひとりとも考えられるな」

「わたしも、そう思ったのよ。稲森会と関東桜仁会の本部にプラスチック爆弾を積んだドローンを突っ込ませた二人も、おそらく不良外国人なんでしょうね。どこの国出身かは見当がつかないけど」

「そうだったんだろうか」

「警視庁に犯行声明のメールを送ったのは室井なんだろうけど、三件の爆破事件にはタッチしてないと思うわ。室井は捜査の目を逸らしたかったんで、そんな小細工を弄《ろう》したんじゃないのかな。それで、汚れた金で何か別のことをやるつもりなんじゃないの？　時任さん、何か思い当たらない？」

理沙が問いかけてきた。時任は、品田と推測し合ったことを伝えた。

「室井と帯が民自党の偉いさんたちに恨みを懐《いだ》いたことはわかるけど、舵取りに一回しくじった憲友党を核にした野党連合を結成させようとするかしら？　憲友党は日本革新党や社会市民党と共闘する動きを見せてるけど、そのほかの少数野党まで味方にする気なんかないでしょ。主義主張がそれぞれ異なるわけだから、どうしても意見がぶつかると思うの」

「だろうな。しかし、どの野党も現政権が右に大きく舵を切りはじめたことを共通して危惧《きぐ》してる」

「ええ、そうね。大筋で合意できれば、取りあえず小さな意見の喰い違いには目をつぶってもいいって気持ちになるんじゃないのか。時任さんは、そう思ってるわけね？」

「このまま現政権に暴走をさせつづけたら、この国は危《ヤバ》いことになる。いま歯止めをかけなければという切実な思いがあれば、各野党の党首は団結して政権を獲得しようと考えるんじゃないのか。選挙プロデューサーの帯誉《おびほまれ》は人の心を摑むのが天才的に上手なようだから、説得できるだろう」

「室井は汚い手段で儲けた金を各野党に配って選挙資金にしてくれと言うつもりなのかもしれないけど、各党首はすんなりカンパを貰う気になるかな。一介の元国会議員秘書がまともな方法で軍資金を調達したとは誰も思わないでしょ？　汚れた金と考える党首のほうが多いんじゃない？」

「多分、選挙費用の出所についてはもっともらしく各党首たちに話すんだろう。政治家の多くは清濁併《あわ》せ呑《の》んで、逞《たくま》しく生きてる。国からの助成金を一円も貰ってないのは日本革新党だけだ。ほかの政党は大小を問わずに、どこも助成金を受け取ってる。潔癖な考えの持ち主は、国から巨額の金を貰って政治活動することがおかしいと思うだろう」

「ええ、そうでしょうね。しかし、現実には党員や支持団体のカンパだけでは政治活動はできない。だから、国から助成金を貰わざるを得ないわけよね？」

「そうなんだよ。自分の党を支持してくれる団体や個人の政治献金という名目さえあれば、出所《でどころ》を詮索しないでカンパ金を受け取ると思うな。日本革新党だけは、金を貰わないだろう。支持母体がしっかりしてるからな」

「そうなんでしょうね。各野党がナショナリズムに陥りかけてる現政権に危うさを感じてることは間違いないから、時任さんの筋の読み方は正しいんだろうな。室井を操ってたのは帯誉ってわけね。仮に憲友党を中心にした野党連合が政権を執《と》ったとしても、それで元国会議員秘書と選挙プロデューサーは満足できるのかな。二人は単に仕返しをしたかっただけではなくて、何かとんでもない野心を胸に秘めてるんじゃない？」

「どんな野心が考えられる？」

「民自党の元老たちは政界を退《しりぞ》いても、裏で内閣を動かしてるわよね。室井も帯も政治大好き人間みたいだから、陰の宰相《さいしょう》みたいな存在になりたいんじゃないのかな。新政権の閣僚たちを駒のように自在に動かせたら、征服欲は充分に充《み》たされるはずよ」

「そうだろうな。しかし、どっちもそれほどの大物じゃない。あっ、そうか！　もしかすると、室井と帯誉の復讐心を巧みに煽《あお》って……」

「二人をうまく利用した黒幕がいるのかもしれない？」

「ひょっとしたらな。そういう人物がいるような気がしてきたよ。特に根拠があるわけじゃないんだが、帯はともかく室井は小物《こもの》だろう？」

「ま、そうね。時任さん、黒幕は帯誉なんじゃないの？〝貶め屋〟を仕切ってた室井はアンダーボスで、選挙プロデューサーの帯が一連の事件の首謀者なんじゃないかな。多分、伊吹弁護士は冤罪事件のからくりを見抜いたとき、室井の悪事のすべてを調べ上げたんでしょうね。帯は自分の野心まで暴かれることを恐れて、誰かに美人弁護士を殺害させたんじゃないのかしら？」

「推測や臆測だけでは説得力がないよ。これまでの捜査によると、伊吹美寿々と帯誉には何も繋がりがない。美寿々が選挙プロデューサーの身辺を探ってた事実もないんだ」

「二人を結びつけようとするのは、ちょっと無理そうね」

「だな。ただ、美寿々が室井や帯を背後で動かしてた人間と接点があったとは考えられる」

「その首謀者は伊吹弁護士と面識があって、織部陽介の冤罪のからくりを知られたら、自分の悪事をも知られてしまうかもしれないと強迫観念にさいなまれてた？」

「かもしれないぞ。そうだったとしたら、伊吹弁護士の事件に関与してるんだろう。自分の手を汚してはいないだろうが、第三者に美寿々を始末させた疑いがあるな」

「伊吹美寿々は、よく知ってる人が殺し屋を雇ったんで……」

「殺されたのかもしれないな。殺人教唆《きょうさ》は殺人と同罪だ。他人を教唆して犯罪を実行させた者は正犯の刑が科される」

「時任さんは、もう代理殺人の依頼者に見当がついてるんじゃない？」

理沙が探りを入れてきた。

「そこまで至ってないよ。職業的な勘で、そう筋を読んでるんだ。とんだ見当外れかもしれないが……」

「被害者がよく知ってる人間となると、『中杉総合法律事務所』の先輩弁護士なのかな？ローファームの中で憲友党を支持してる者がいたら、ちょっと怪しいわね」

「そうだな」

時任は短い返事をした。

そのとき、上着の内ポケットで刑事用携帯電話《ポリスモード》が着信音を発した。時任は理沙との通話を切り上げ、ポリスモードを耳に当てた。発信者は桐山だった。

「時任君、住川会の本部ビルを爆破した犯人が捕まったよ。サムと自称してる不良ナイジェリア人で、福岡の九友会の幹部に頼まれて犯行《ヤマ》を踏んだようだ。成功報酬は三百万円で、犯行前に着手金の百万を貰ったそうだよ」

「『稲森会』と『関東桜仁会』の本部を爆破した奴らは？」

「サムの供述によると、同じナイジェリア人グループのメンバーらしい。ただ、その二人の氏名や年齢については黙秘してる。九友会は地元で勢力を拡大しにくくなったんで、東京に拠点を作って関東御三家の縄張り《シマ》を徐々に奪う気でいるらしい」

「そうだったんですか。やっぱり、室井は闇社会の新しい支配者になる気じゃなかったんだな」

「それからね、捜査本部事件にはリンクしてないんだろうが、十数分前に総理大臣官邸の車寄せの所でSPに化けた男が岡部総理を狙って三発連続で発砲したんだ」

「総理は被弾したんですか？」

「いや、一発も当たらなかったんだ。犯人の男はSPたちと銃撃戦の末、射殺されたそうだよ」

「犯人は日本人の男だったんですか？」

「そうなんだろうが、身許のわかる物は何も所持してなかったらしい。拳銃を持ち馴《な》れてる様子だったようだから、元自衛官か傭兵《ようへい》崩れなのかもしれないな」

「ええ、考えられますね」

「それから、民自党本部のトイレに時限爆弾が仕掛けられ、三人の職員が重傷を負ったんだ。上層階にいた四大派閥のボスたちを犯人は爆殺したかったんだろうが、四人の大物議員は揃って無事だったそうだよ」

「そうですか」

「室井はまだ動かないんだね？」

桐山が訊いた。

「ええ。岡部総理が狙撃されそうになって、民自党本部に時限爆弾が仕掛けられたという話をうかがって、一連の事件の背景が見えてきました」

「本当かね。きみの筋読みを早く聞かせてくれないか」

「わかりました」

時任は自分の推測を詳しく話した。

「選挙プロデューサーの帯誉《おびほまれ》が室井に汚れた金を集めさせて、民自党に仕返ししたくて憲友党と他の野党を共闘させ、政権を執らせる気になったんだろうな。五十五歳の帯は確か東大の山岳部で中杉弁護士と一緒だったはずだよ」

「それは確かなんですか⁉」

「ああ、間違いないよ。中杉弁護士は五十六歳だが、総合雑誌の〝同窓生交友〟という雑誌のグラビアに二人が写ってたんだ。各界で活躍してる大学の先輩のことは、なんとなく気になるからね」

「そういえば、理事官も赤門《あかもん》出だったんだな。人柄が気さくなんで、つい出身大学のことを忘れてました。ところで、中杉弁護士は憲友党のシンパなんですかね？」

「シンパどころじゃないよ。中杉充利は、憲友党の支持母体の『全総連《つら》』の陰の法律顧問と噂されてるんだ。弁護士陣には意図的に名を連ねてないが、それはローファームの営業に差し障《さわ》りがあるからなんだろうな」

「巨大労組《ろうそ》の陰の法律顧問なら、当然、憲友党には強いシンパシーを感じてるんでしょうね」

「もちろん、そうだろう」

「理事官、室井や帯誉を背後で操ってたのは中杉弁護士なんだと思います」

「ま、まさか⁉」

「中杉弁護士は末期の肺癌で余命いくばくもないんですよ。岡部政権が民意を無視するような政治をしてることを憂慮して、自分が生きてるうちに憲友党になんとか再度、政権を執らせたいと切望し……」

「ダーティー・ビジネスで選挙資金を捻出し、政権交代を狙ってるのか!?」

「ええ、そうなんでしょう。しかし、弟子筋の伊吹美寿々に冤罪のからくりを見抜かれてしまったんで、中杉充利はやむなく愛弟子を誰かに始末させた疑いがありますね」

「その通りなら、捜査本部事件の被害者は浮かばれないじゃないか」

「ええ、そうですね。室井をマークしてれば、中杉弁護士が首謀者かどうかはっきりするでしょう」

「だろうな。報告を待ってる」

理事官が電話を切った。時任はポリスモードを懐に戻し、張り込みを続行した。

マンスリーマンションから室井肇が現われたのは午後八時半過ぎだった。

帯誉《おびほまれ》とどこかで密かに会うのかもしれない。あるいは、中杉弁護士と落ち合うことになっているのか。

室井が表通りに向かって足早に歩きはじめた。表通りでタクシーを拾うつもりなのかもしれない。

室井の後ろ姿が小さくなった。時任はエルグランドを発進させ、慎重に室井を尾《つ》けはじめた。百数十メートル先で、急に暗がりから人影が躍《おど》り出た。室井が驚いた様子で立ち竦《すく》む。

二つの人影が重なった。

時任はヘッドライトをハイビームに切り替えた。ちょうどそのとき、室井が後方に倒れた。

その心臓部にはナイフが深々と突き刺さっている。

室井は身じろぎ一つしない。ほぼ即死だったのだろう。

後ずさった加害者は黒いフェイスマスクを被り、ポケッタブルのレインコートを着込んでいる。返り血は浴びていない。凶器が血止めになっているようだ。

犯人がレインコートを手早く脱ぎ、丸め込んだ。時任は車を路肩に寄せ、運転席から飛び出した。

加害者が焦って逃げはじめた。

時任は追いかけた。全速力で走り、犯人の背に飛び蹴りを見舞う。フェイスマスクの男が前のめりに路上に倒れ、長く呻いた。丸めたレインコートは手から離れ、路面に拡がっている。

時任は加害者の腰を膝頭で押さえ込むなり、フェイスマスクを剝《は》ぎ取った。『中杉総合法律事務所』に所属している天童諒だった。伊吹美寿々の先輩弁護士である。

「所長の中杉充利に命じられて、室井を刺したんだなっ」

「………」

「時間稼ぎはさせないぞ」

時任は天童の頭髪を引っ摑んで、顔面を幾度も路面に叩きつけた。手加減はしなかった。

「やめてくれーっ」

「誰に頼まれたんだ?」

「政治アナリストの帯誉さんに頼まれたんです」

「中杉所長を庇《かば》う気らしいな」

「本当ですよ。嘘なんかついていません」

天童が訴えた。

時任は黙って天童の顔をアスファルトの路面に摚《う》ちつづけた。血の臭いが立ち昇ってきた。鼻血を垂らしているだけではなく、唇も切ったようだ。鼻の軟骨が潰れたのか、天童は痛みに耐えている様子だった。

「そっちを頼りにしてた伊吹美寿々も殺《や》ったんだろうが! 事件当日は、海外出張中だったと嘘をついてな。中杉所長は口裏を合わせて、アリバイ工作に協力したわけだ」

「………」

「中杉所長にどんな人参をぶらさげられたんだ? ローファームの後継者にしてやるとでも

言われたのかっ。中杉は末期の肺癌で、余命いくばくもないからな」
「そこまで知ってたのか⁉」
「ほかにも察しがついてることがあるぞ。中杉所長は憲友党にもう一度政権を執らせること
を切望してたんで民自党に恨みを持つ室井と帯を抱き込んで野党を結束させて、夏の参院選
でまず民自党の議席を大幅に減らし、次の衆院選で圧勝させることを祈念してるんだろう
が！」
「ああ、終わりだ。わたしは、ローファームの後継者になりたかったんですよ。伊吹が織部
の冤罪は仕組まれたものだと見抜かなければ、中杉先生が室井、帯の両氏に非合法な手段で
二百六十数億円の選挙資金を工面させたこともバレなかったのに。中杉先生は荒っぽい手を
使ってでも民自党の暴走を喰い止めなければ、日本は独裁国家に成り下がってしまうと憂《うれ》え
てたんです。わたしも、そう思っていましたよ。だから、伊吹の正義感よりも日本を救うこ
とを優先しなければならないと考えたわけです」
「で、妹弟子を絞殺したのかっ」
「伊吹にはかわいそうなことをしたと思ってる。でも、中杉先生と同じくこの国を救うこと
が先決だと考えてたので……」
「綺麗事を言うな！　てめえは出世欲に負けたクズ野郎だ。中杉のマキャベリズムも間違っ

てる。帯や室井も、まともじゃない」

時任は立ち上がって、天童の頭部を踏みつけた。

「伊吹と室井の口を塞《ふさ》いだことは認めます。その代わり、夏の参院選で憲友党が圧勝するまで中杉先生は逮捕しないでください。それこそ先生の悲願だったんですよ」

「まだ庇うつもりか。それだけの価値はない」

「先生の悪口を言うなっ」

天童が声を張った。時任は、天童の頭に載せた右足に重心を掛けた。

「中杉は自宅にいるのか？」

「…………」

「いつまでも仮面紳士を庇う気なら、頭を踏み潰しちまうぞ」

「足をどけてくれーっ。先生と帯さんは紀尾井町《きおいちょう》の『はせ川《がわ》』という料亭にいるよ。ああ、何もかも終わってしまった」

天童が嘆《なげ》いて、子供のように泣きじゃくりはじめた。

時任は天童から離れ、上着の内ポケットから刑事用携帯電話《ポリスモード》を摑み出した。なんとも後味の悪い事件だった。

二〇一六年三月　徳間文庫刊

光文社文庫

盲点《もうてん》 特任警部《とくにんけいぶ》

著　者　南《みなみ》　英《ひで》　男《お》

2024年1月20日　初版1刷発行

発行者　三　宅　貴　久
印　刷　堀　内　印　刷
製　本　ナショナル製本

発行所　株式会社　光　文　社
〒112-8011　東京都文京区音羽1-16-6
電話 (03)5395-8147　編　集　部
8116　書籍販売部
8125　業　務　部

© Hideo Minami 2024
落丁本・乱丁本は業務部にご連絡くだされば、お取替えいたします。
ISBN978-4-334-10189-3　Printed in Japan

R ＜日本複製権センター委託出版物＞
本書の無断複写複製（コピー）は著作権法上での例外を除き禁じられています。本書をコピーされる場合は、そのつど事前に、日本複製権センター（☎03-6809-1281、e-mail : jrrc_info@jrrc.or.jp）の許諾を得てください。

組版　萩原印刷

本書の電子化は私的使用に限り、著作権法上認められています。ただし代行業者等の第三者による電子データ化及び電子書籍化は、いかなる場合も認められておりません。

光文社文庫　好評既刊

向こう側の、ヨーコ　真梨幸子
新約聖書入門　三浦綾子
旧約聖書入門　三浦綾子
色即ぜねれいしょん　みうらじゅん
極め道　三浦しをん
舟を編む　三浦しをん
江ノ島西浦写真館　三上延
消えた断章　深木章子
少女ノイズ　三雲岳斗
なぜ、そのウイスキーが死を招いたのか　三沢陽一
なぜ、そのウイスキーが謎を招いたのか　三沢陽一
冷たい手　水生大海
だからあなたは殺される　水生大海
宝の山　水生大海
プラットホームの彼女　水沢秋生
俺たちはそれを奇跡と呼ぶのかもしれない　水沢秋生
ラットマン　道尾秀介

カササギたちの四季　道尾秀介
光　道尾秀介
満月の泥枕　道尾秀介
サーモン・キャッチャー the Novel　道尾秀介
赫眼　三津田信三
海賊女王(上・下)　皆川博子
ポイズンドーター・ホーリーマザー　湊かなえ
ブラックウェルに憧れて　南杏子
拷問　南英男
黒幕　南英男
掠奪　南英男
反骨魂　南英男
悪報　南英男
謀略　南英男
破滅　南英男
刑事失格　南英男
女殺し屋　南英男

光文社文庫 好評既刊

復讐捜査 南 英男
毒蜜 快楽殺人 決定版 南 英男
毒蜜 謎の女 決定版 南 英男
毒蜜 闇死闘 決定版 南 英男
毒蜜 裏始末 決定版 南 英男
毒蜜 七人の女 決定版 南 英男
毒蜜 首都封鎖 南 英男
月と太陽の盤 宮内悠介
野良女 宮木あや子
スコーレNo.4 宮下奈都
神さまたちの遊ぶ庭 宮下奈都
つぼみ 宮下奈都
クロスファイア（上・下） 宮部みゆき
スナーク狩り 宮部みゆき
チヨ子 宮部みゆき
長い長い殺人 宮部みゆき
鳩笛草 燔祭／朽ちてゆくまで 宮部みゆき

刑事の子 宮部みゆき
贈る物語 Terror 宮部みゆき編
森のなかの海（上・下） 宮本 輝
三千枚の金貨（上・下） 宮本 輝
ウェンディのあやまち 美輪和音
フェルメールの憂鬱 望月諒子
美女と竹林 森見登美彦
奇想と微笑 太宰治傑作選 森見登美彦編
美女と竹林のアンソロジー 森見登美彦リクエスト！
棟居刑事の代行人 森村誠一
棟居刑事の砂漠の喫茶店 森村誠一
春や春 森谷明子
南風吹く 森谷明子
遠野物語 森山大道
友が消えた夏 門前典之
神の子（上・下） 薬丸 岳
ぶたぶた日記 矢崎存美